La source des fantômes

YAMINA BENAHMED DAHO

La source des fantômes

roman

l'arbalète gallimard

l'arbalète

collection dirigée par
Thomas Simonnet

La citation en exergue est issue des *Suspendues* (*Al-Mu'allaqât*),
traduction et présentation par Heidi Toelle,
GF-Flammarion, 2009, p. 164-165.

À mon père.
À ma mère.

وَجَلا السّيُولُ عَنِ الطُّلُولِ كأنّها
زُبُرٌ تُجِدُّ مُتُونَها أقْلامُها

أَوْ رَجْعُ وَاشِمَةٍ أُسِفَّ نَؤُورُهَا
كِفَفاً تَعَرَّضَ فَوْقَهُنَّ وَشامُها

فَوَقَفْتُ أَسْأَلُها، وَ كيفَ سُؤَالُنا
صُمّاً خَوَالِدَ ما يَبِينُ كَلامُها

Le ruissellement des eaux a mis à nu les vestiges, si bien qu'on dirait
Écritures auxquelles des calames auraient redonné corps

Ou la reprise d'une tatoueuse qui, étalant son noir de graisse,
Fait en sorte qu'au-dessus des cercles ainsi formés son tatouage réapparaisse.

Je m'y suis arrêté pour les questionner, mais comment questionner
Des roches sourdes, pérennité au langage brouillé ?

LABÎD IBN RABÎ'A
Mu'allaqa

1

J'ai grandi à Fontayne, au sud de la Vendée. Une ville de dix mille habitants posée entre les plaines, les marais et la forêt. La rivière qui donne son nom au département croise à la perpendiculaire une grande rue et une rue ancienne de mille ans. Les Fontaynesiens préfèrent la première, animée et plus accessible en voiture, à la seconde, son revêtement en pavés impraticable et ses commerces vétustes abrités au rez-de-chaussée de maisons aux façades à colombages.

À l'ouest de la ville, de petits immeubles, le lycée général et technologique, un hypermarché dont le parking me paraît gigantesque. Un ancien couvent accueille l'hôpital depuis le XIXe siècle. Les bâtiments abritent un service de cardiologie, un autre de radiologie, un bloc opératoire, une pharmacie, un laboratoire, les urgences et la maternité, où je suis née. L'ouest, c'est aussi la route départementale 949 menant tout droit vers les plages sauvages de l'océan Atlantique.

Au nord, une forteresse en ruine entourée d'un sous-bois d'où l'on peut observer la ville. Caché, en contrebas, un petit temple en calcaire et en pierre de taille, monté sur des colonnes doriques. Sous le fronton, l'eau coule par quatre tuyaux différents. Sur le bas-relief, deux licornes s'abreuvent à un bassin. Leurs cornes, en trempant dans l'eau, ont le pouvoir de la purifier. Le monument a été construit au XVIe siècle mais la fontaine fabuleuse capte l'eau de source depuis le Moyen Âge, au moins. À l'époque, on vient y chercher l'eau potable dont on a besoin chaque jour. On fait des rencontres. Et parce qu'il y a de l'eau de source, la ville peut se développer. Autour de la fontaine, on voit s'installer un marché où l'on vend des fruits, des légumes et des mulets du Poitou. À côté, un faubourg concentre des maisons, des hôtels et un commerce de draperie.

Au sud, des champs et des fermes, des villages et des hameaux, à perte de vue.

À l'est, l'épicerie, le coiffeur, le dentiste, le bar-tabac, le magasin de meubles, le lycée agricole tout proche de la gare ferroviaire à l'abandon, l'usine au milieu des prairies, l'école et notre lotissement. Un anneau avec neuf maisons, les unes à côté des autres, et, au centre, un terrain de jeu.

Les familles s'y installent à la fin des années 70. Elles accèdent à la propriété pour la première fois. À crédit. Mon père et ma mère vivent alors dans un appartement à La Roche-sur-Yon. La mairie les informe de la construction de cet ensemble pavillonnaire modeste. Mes parents déposent un dossier, avec l'aide d'un ami. Ils sont les derniers à obtenir une maison dans le lotissement. Les candidats sont rares, personne ne veut s'isoler dans une petite ville engloutie dans la campagne vendéenne. Ça ne dérange pas mes parents. On peut même dire que ça leur plaît, Fontayne. Ça leur rappelle un peu la vie rurale qu'ils avaient en Algérie. Autant la rudesse du monde agricole que ses joies simples.

Les maisons sont livrées pas finies. Pendant dix ans, tous les parents poursuivent les travaux. Ils tapissent des murs pour recouvrir les peintures d'origine trop ternes, installent une cuisine incorporée, posent des dalles et un portail dans la cour, montent des murets à la place des grillages mitoyens, remplacent les fenêtres et la porte d'entrée, sèment du gazon dans les jardins asséchés...

Ils achèvent la construction des maisons avec une étonnante constance. Peut-être parce qu'ils sont nés dans ou sur les ruines des guerres de 39-45, 46-54, 54-62. Peut-être que, après la chute, le fracas, le néant, employer leur temps à faire tenir debout un logement neuf permet d'entretenir des espoirs nouveaux, solides, tranquilles. Peut-être sont-ils soulagés de s'enraciner dans un pavillon avec ses fondations en béton et ses murs en parpaings, satisfaits d'appartenir à un groupe social et économique, heureux d'habiter un lieu, définitivement.

Ils bâtissent leur maison sur des souvenirs enfouis. Certains ont trop tôt achevé leur jeunesse dans la jungle ou dans le jbel, n'en disent presque rien. Quand ils parlent, ils lâchent des bribes comme par accident, livrent des fragments en éclats. Ils ne racontent jamais les histoires en entier. Ils murmurent le début, coupent le milieu, chuchotent la fin, en bégayant. Signe qu'il faut se méfier de leurs fantômes muets. Ils les hantent toujours. Ils rôdent dans nos maisons. Je vois leurs ombres.

2

Je partage mes onze premières années avec Sophie, Arnaud et Loïc. Le mercredi après-midi, le week-end et les longs soirs d'été, pendant que les parents améliorent les maisons, nous jouons au centre du lotissement, sur un terrain composé d'une partie ensablée et d'une autre gazonnée. Les enfants plus âgés, eux, se réunissent en groupes sur le banc en béton ou sur le parking, un bout de goudron rectangulaire comme encastré dans le terrain de jeu central. On les surnomme les grands parce qu'ils nous appellent les petits.

On se retrouve dès la fin du déjeuner. On renonce parfois à un dessert ou on supplie de pouvoir l'emporter dehors pour se retrouver le plus tôt possible. On joue des heures dans le sable, sur la route, sur le trottoir, dans l'herbe. On se quitte au dernier moment, celui où on nous appelle pour dîner.

C'est toujours Loïc qui rentre le premier. Son père, Michel, travaille à l'usine, de nuit. Il doit pointer avant

20 heures. La famille passe à table une heure avant l'embauche. Je quitte souvent le jeu un peu après Loïc. Linda, ma sœur, me fait signe depuis sa chambre, à l'étage de la maison. C'est mon père qui lui a demandé de m'appeler. Sophie et Arnaud restent dehors un peu plus longtemps. Roland, le père d'Arnaud, est maçon. Il rentre avec sa camionnette entre 19 et 20 heures, selon le lieu du chantier. Le père de Sophie, Denis, est animateur dans un foyer de jeunes travailleurs. L'heure à laquelle il débauche dépend de la durée des réunions (surtout celles avec la mairie), des cas d'urgence (un vol, une bagarre), des cas d'extrême urgence (la fugue d'un résident, une personne à la rue qui se présente en pleine nuit). Une fois, il a été retenu jusqu'à 21 heures si bien qu'il était presque 22 heures quand ils se sont mis à table.

Les grands, aussi, se font appeler à l'heure des repas. Le plus souvent par leur mère. Tant qu'ils habitent chez leurs parents, ils sont tenus de respecter leurs horaires et leurs menus. En fin d'après-midi, Thierry, Mickaël et mon frère Jalil se réunissent autour de la Simca du premier. À quelques mètres, sur le banc en béton éclairé par un lampadaire en métal, David et Nathalie s'embrassent, face à Lionel et Bertrand. Soudain, un cri, celui de Jacqueline Couillaud, résonne dans le lotissement. Elle prévient David que s'il ne vient pas dîner immédiatement, il ne devra pas compter vider le frigo à minuit, leur maison n'est pas un moulin et d'ailleurs en a-t-il la clé car il n'est pas question qu'il sonne pour rentrer et la réveille. En réponse, David secoue son trousseau de clés qu'il a décroché du Neiman de sa moto-cross garée à côté du banc, inclinée sur la béquille.

Dans les années 80, les repas se prennent toujours en famille et jamais sans le père. De la même manière, à l'exception de Jocelyne VIGNAUD qui est divorcée, c'est le nom du père de famille, précédé ou suivi de son prénom, qui est affiché sur les boîtes aux lettres. Roland SOUCHARD, Denis MARTINEAU, MICHAUD Michel, DOUILLARD Serge, Christian BOULARD, Roger COUILLAUD, Gérard BOISSINOT, BENALI Amar.

Je trouve amusant que notre nom se noie au milieu de patronymes très vendéens. J'ai trouvé ça amusant jusqu'à ce que je comprenne que l'harmonie entre mon nom et mon lieu de naissance n'est une réalité que pour moi. Encore aujourd'hui il me faut régulièrement expliquer que, l'exil d'après-guerre imposant un voyage à sens unique, il ne m'a jamais été possible de faire connaissance avec le pays de mes parents et c'est pourquoi je ne sais pas répondre à l'identité qu'on me prête.

3

Mon père, avant d'être commerçant, était maçon. Le BTP, premier recruteur d'Algériens en France après l'indépendance de 62. Le BTP, une possibilité d'être considéré comme un Arabe inoffensif et serviable. Un moyen de regarder la vie qui se profile à l'horizon plutôt que la mort derrière soi.

Sophie, Loïc, Arnaud et moi construisons des circuits. Ils sont toujours très élaborés. Ce jour-là, Arnaud racle le sol avec un petit rectangle de bois contreplaqué que son père lui a donné. Sophie rapporte un seau qu'elle a rempli au robinet du récupérateur d'eau installé depuis peu dans son jardin. Loïc ramasse du sable avec une pelle en plastique pour constituer un bloc que je m'applique à tasser et à lisser puis je perce délicatement le centre du dôme avec une branche pour créer un passage. Pendant des heures, nous creusons des tunnels, établissons des ponts, construisons des routes – certaines sont larges et droites, d'autres sinueuses, d'autres encore piégées avec des cailloux ou des feuilles tombées des arbres. Le circuit achevé, on place les voitures sur la ligne de départ. Pour les faire avancer, ni électricité ni essence, mais une bille. En métal ou en verre, transparente ou givrée, agate ou œil-de-chat, panthère noire ou araignée, Neptune ou Jupiter, on prend notre temps pour la choisir.

Loïc pousse la sienne, en métal, avec le pouce, en le dégageant de son index ; Sophie vise l'agate avec l'ongle de son index qu'elle frotte contre son pouce. Arnaud et moi partageons la même technique : on incline le poignet vers l'intérieur puis on pince l'araignée entre le pouce et l'index pour la propulser vers l'avant. Le départ offre une belle route droite comme la D949, qui permet des tirs longs et audacieux.

Nous passons le premier obstacle, un tunnel creusé dans une petite montagne de sable, humidifiée régulièrement par Sophie pour qu'elle ne s'effrite pas, quand trois des grands viennent s'asseoir sur le banc en béton qui borde le terrain de jeu. Nathalie s'installe la première. David secoue la tête, faisant ainsi frémir sa coupe au bol, pour lui signifier de se relever. Nathalie s'exécute. David s'assied sur le dossier du banc. Il écarte les cuisses pour qu'elle s'installe. Délicatement, elle pose ses mains aux doigts vernis de rose sur les genoux de David, ses cheveux longs frôlent son sexe. Bertrand, à côté, roule des cigarettes.

Bertrand Douillard passe ses journées assis devant chez lui, sur le trottoir, à rouler et à fumer des cigarettes. Depuis son retour de la caserne de Blois, il n'a pas de travail. Au chômage, il dit mettre de l'argent de côté pour acheter sa première voiture. Quand son frère Bruno aura terminé son service militaire, ils ouvriront un garage. Aucun des grands ne croit à ce projet parce que sans travail pas d'argent, sans argent pas de voiture donc pas de travail pas de voiture. Bertrand jure qu'il épargne quand il bosse au noir. Avec les forains, par exemple. Tôt le matin, il guette leur arrivée sur la place de l'Armistice. Trois fois par an, il aide à monter les manèges, en échange de quoi il récupère un billet de cinquante francs en fin de journée. Les autres se moquent, lui reprochant de passer tout son fric dans les clopes. Bertrand se fout qu'on doute de son rêve. Il a vingt ans et la vie devant lui pour accomplir avec son frère la promesse qui les unit.

Sophie tire le plus loin et nous devance d'une vingtaine de centimètres. Allongé par terre, bille en main, Arnaud se concentre, langue pendue et sourcils froncés, pour la rattraper. Bertrand allume une cigarette.

Il a pas l'air solide votre tunnel.

Si ! On l'a construit avec du sable fin et Sophie a mélangé avec de l'eau pour pas qu'il tombe, lui répond Loïc.

Donc, si David marche dessus, il va pas s'écrouler ?

Nathalie sourit en posant la question. Elle se tourne vers David, dont les yeux suivent la fumée de cigarette qu'il crache vers le ciel. Elle tend ses lèvres molles, il regarde toujours là-haut. Elle tape sur son genou en réclamant Un piou, fais-moi un piou ! David retire un fil de tabac qui colle à sa bouche. Il embrasse Nathalie. Puis il se lève, passe sa jambe par-dessus la tête de Nathalie avant de sauter du banc à pieds joints. Son grand corps lourd fait un bruit sourd quand il atterrit sur le sol ensablé.

Il s'approche du circuit en traînant ses semelles de baskets usées. Un nuage de poussière vole vers Nathalie. Tu déconnes, j'ai lavé mes cheveux ce matin ! Il continue d'avancer en levant les pieds. On crie et, dans l'instant, on forme un cercle pour protéger le tunnel. Son torse frôle nos têtes. Il rôde autour de nous, lentement pour paraître plus menaçant. Il nous enfume, on lui demande d'arrêter, en toussant. Bertrand nous regarde de cet air triste et distrait qui le caractérise. Il fouille les poches de son jean délavé au détergent, en sort des pièces, des clés, un morceau de papier qu'il jette par terre. Il siffle David, propose de descendre en ville pour faire un tour à la foire au lieu de rester crever d'ennui sur ce banc moisi.

David recule en nous fixant. Nous nous tenons la main en attendant de voir disparaître les trois grands à l'angle du lotissement. Nous reprenons la course. Bille en main, Loïc murmure Couillaud t'es qu'un couillon. Nous rions fort et Sophie pose délicatement sa main baguée de pacotilles sur sa bouche en pouffant comme pour signifier que le gros mot est osé. Je ris alors qu'intérieurement je frémis.

J'ai eu peur qu'il ne détruise notre ouvrage. J'ai conscience de ce que cela représente de bâtir quelque chose pour soi. Au travers des récits troués de mon père, j'imagine très tôt à quoi peut ressembler un village ravagé par la guerre. Il raconte parfois comment il grandit dans son village, où il est libre de tout (monter à cheval, jouer dans les ruisseaux, arpenter les collines et, au sommet, regarder l'horizon qui fuit). Comment le village se retrouve sous la surveillance de l'armée française, il n'a pas vingt ans. Comment le lieu, ravagé, est ensuite abandonné et comment, après ça, il ne retrouvera plus jamais la liberté première, fondamentale, de l'enfance.

Je comprends que ce qui est détruit ne se reconstruit jamais totalement à l'identique. La réplique, aussi réussie soit-elle, n'abrite pas les âmes de l'original. Quitter son village en ruine et bâtir loin de là exige du courage, de l'abnégation, que je n'ai pas. Je n'ai pas les forces de mon père, moi, pour refaire notre circuit que ce couillon de Couillaud voulait détruire.

4

David Couillaud et Nathalie Vignaud sortent ensemble depuis deux ans. Il a dix-sept ans, elle en a seize. Elle commence un BEP coiffure, il suit partiellement une formation d'électricien. Sa présence au lycée professionnel dépend de ce qu'il a fait la veille donc de l'heure à laquelle il décide de se lever le lendemain.

La sœur de Nathalie, Carine, n'apprécie pas David. Elle en parle beaucoup à ma sœur Linda. Elles suivent toutes les deux un bac pro secrétariat. Elles se retrouvent régulièrement chez l'une ou l'autre, dans leur chambre, où elles feuillettent des magazines, se prêtent des vêtements, reproduisent la coiffure et le maquillage de la chanteuse dont elles écoutent l'album et, une fois prêtes, elles dansent joyeusement, furieusement. À la fin de la face B, elles se laissent tomber sur le lit. Allongée, Carine, le souffle court, se confie. C'est vraiment un tocard, ce mec, incapable de s'intéresser à autre chose qu'à sa moto et ça se voit qu'il sort avec Nathalie pour faire une seule chose, si tu vois ce que je veux dire. Linda voit très bien.

David passe son temps à briquer sa moto de cross. Quand il a un peu d'argent de poche, il met de l'essence, la crame aussitôt en tournant dans le lotissement. Ça fait un bruit tel que Roland Souchard sort d'un pas nerveux et l'insulte.

Toi et ta bécane tu commences à nous

Sa femme, Mireille, se tient derrière lui, vêtue d'un tablier sombre sur sa robe fleurie, hochant la tête pour soutenir son mari. David répond en accélérant davantage et le père Souchard crie plus fort

Si t'avais connu la guerre tu

Le reste de la phrase s'écrase sous le poids des vibrations stridentes que produit l'échappement de la moto. Souchard parle au conditionnel. Ce n'est pas, ce n'est plus la guerre mais son esprit semble toujours marqué par les boucheries d'un siècle finissant, bloqué sur les malheurs, les privations, les blessures. Ça perturbe ses nuits. Et celles d'Arnaud, qui a confié à la maîtresse que les cauchemars de son père le réveillent régulièrement, d'où ses cernes bleutés.

Lionel Michaud et Géraldine Boissinot sont l'autre couple officiel du lotissement. Nos mères regardent *Santa Barbara* ; nous suivons *Lionel & Géraldine*. Ils sortent ensemble, ils cassent puis se retrouvent puis se quittent et se revoient et... Quand ils se séparent, Géraldine pleure, pas Lionel. Lui est apprenti boulanger mais il répète qu'il arrêtera bientôt (sans qu'on sache si bientôt signifie la semaine suivante, dans deux mois ou l'année prochaine). C'est mal payé, le patron le prend pour un larbin et c'est loin, Chaillé. Bertrand le prévient que s'inscrire aux Assédic, c'est chaud. Je m'en fous, répond Lionel, plutôt entrer à l'usine comme mon père que bosser pour ce radin. Géraldine travaille à mi-temps comme caissière dans une boucherie du centre-ville. Elle économise pour partir en camping à La Faute-sur-Mer l'été avec Lionel. S'il ne la lâche pas avant.

Thierry, le frère de Géraldine, aime Linda. Linda aime Thierry. Leurs regards, quand ils se croisent, s'embrasent. C'est pourquoi ils s'évitent. Thierry Boissinot travaille comme intérimaire. On aime qu'il soit là, dans sa Simca, sur le parking. Il enchaîne les cassettes de rock, le volume de l'autoradio poussé à fond. Ça berce le lotissement d'un air de fête. Il est souvent avec Mickaël Boulard. Objecteur de conscience, Mickaël travaille à Emmaüs au lieu de faire son service militaire. Avec mon frère, Jalil, il est l'un des rares à avoir le droit de s'asseoir dans la Simca, à l'avant, en plus. Que Thierry soit l'ami de notre frère, voilà ce qui dérange Linda. Et, se maquer, dit-elle à Carine, c'est des coups à crever ici. Moi, je veux, je dois absolument partir après le bac. Les remarques sourdes de ma mère, insinuant que, l'âge venu, ce serait bien de choisir un garçon arabe, freinent aussi ses sentiments. Linda et Jalil répondent en riant Ce sera compliqué. Nous sommes les seuls Arabes de Fontayne, peut-être même de Vendée. Puis, en imaginant que cela soit possible, ma mère pense-t-elle à la honte qu'éprouveraient Jalil, Linda ou moi plus tard, dans une belle-famille arabe à qui il faudrait avouer qu'on ne sait pas parler la langue et qu'on ignore tout du pays ? Enfin, il y a tous les autres – les Couillaud père et fils en premier lieu mais pas seulement –, qui marmonnent que Boissinot et Benali sont des noms incompatibles. Avec Sophie, nous rêvons secrètement de leur alliance et d'une famille renommée Boissali ou Benassinot, signe de l'accomplissement de leur amour unique et total.

5

Dans l'entrée de notre maison, un Socotel à touches, moulé en plastique gris muni d'un combiné et d'un écouteur, repose sur un meuble en bois d'acajou avec, dans la niche, l'annuaire du 85. Avec Sophie, on s'amuse à prononcer les noms des communes. Pouillé, Thouarsais-Bouildroux, Mouzeuil, Foussais-Payré, Pouzauges, Benet, Saint-André-Goule-d'Oie, on se demande bien d'où ça sort. Nos parents ne sont pas répertoriés dans l'annuaire. Ils sont sur liste rouge pour éviter le démarchage commercial. Au-dessus du téléphone, mon père a accroché un miroir rectangulaire. Quand on se regarde dedans en passant un appel, cela donne l'impression que l'on a en face un autre que soi.

Mes parents se retrouvent régulièrement dans la cuisine, séparée de l'entrée par une porte coulissante. Ils discutent en buvant un café. Ils parlent en arabe. Quand ils sont tous les deux, ils échangent dans leur langue maternelle, originelle. Unique moyen de ne pas perdre un dialecte exclusivement oral, de garder vivante une forme qui a résisté à plusieurs langues et peu évolué depuis la conquête islamique, l'occupation espagnole, l'introduction de la langue turque, les colonisations françaises, l'arabe standard à la fois administratif et littéraire. Un dialecte acquis naturellement, appris en tendant l'oreille. Un dialecte que je ne parle pas. Je connais quelques mots. Pour en préserver les sons et le sens, je ne peux les retranscrire autrement que tels que je les ai entendus dans la bouche de mes parents – soit ni entre guillemets ni entre crochets ni en italique mais avec l'alphabet français puisque, dans mes oreilles, c'est ainsi qu'ils se confondent.

Mes parents parlent le français sans l'avoir appris méthodiquement, scolairement. Ils l'apprennent par assimilation, dit-on alors. Une expression grossière, qui réduit l'exil à un mouvement consistant à digérer des corps étrangers par la société ou à une opération chirurgicale, le « eux » se greffant au « nous », le « là-bas » se déplaçant vers « l'ici ». Il est pourtant possible que plusieurs sources se rejoignent, s'entraînent et forment un courant d'eau douce fluide, dynamique. Contrairement à une majorité d'Algériens arrivés en France après la guerre et regroupés dans des grands centres ou leurs périphéries, mes parents, isolés à la campagne, ne réussissent pas à nous transmettre leur dialecte arabe.

Leur langue s'est évanouie dans les champs de tournesols, s'est effacée au profit du français et du patois vendéen. Leur exil est l'histoire muette d'un effacement. J'aurais aimé apprendre l'arabe avec eux, sans m'en apercevoir, sans contrainte scolaire. Je ne connais leur langue qu'au travers de leurs conversations et des chants de mon père. J'en retiens seulement des sonorités, pas le sens, qui m'échappe. Je les garde en mémoire comme un don précieux et rare, qui résiste au temps, à l'oubli.

L'oralité, directe, brute, en situation, constitue l'unique moyen d'apprentissage de mes parents. Ils comprennent de quoi sont faits les rudiments du français, ses mots, ses structures grammaticales, ses intonations, en l'écoutant – dans la rue, à la télévision, à la radio. Peu à peu, ils maîtrisent l'essentiel pour établir un dialogue social. Incroyable prouesse à mes yeux, moi qui apprends le français, son vocabulaire infini et ses subtilités rhétoriques sagement assise sur une chaise d'école. Quand on découvre l'anglais et l'espagnol avec des livres scolaires ou à partir de dialogues enregistrés par des comédiens qui parlent lentement, chantent des refrains d'anniversaire en décomposant exagérément les syllabes. Mes parents sont plus à l'aise avec le français que je ne le suis avec l'anglais et l'espagnol, surtout depuis que j'ai terminé mes études. Leur méthode, qui se passe de manuels et d'interprètes, semble donc la plus efficace.

Efficace mais cruelle. Quand ils ne comprennent pas ou ne sont pas compris, quand ils quittent leur village et leur langue pour un autre pays et d'autres mots, quand on leur explique à demi-mot qu'ils ne peuvent pas importer leur langue en France alors même que ce pays a colonisé la langue arabe. La colonisation ne se limite jamais à la conquête d'un territoire, elle s'approprie et déforme une langue ainsi que tout ce qu'elle charrie d'histoires collectives et individuelles, de luttes et de rêves, de souvenirs, d'affects, de silences et de révélations.

Pour ne pas déranger leur conversation, je glisse ma tête dans l'embrasure de la porte coulissante de la cuisine pour demander l'autorisation de jouer dehors. Ma mère, dans une robe cousue par ses soins et dont le tissu satiné illumine son visage, me tend un gâteau, un gribia ou un sfenj. Je m'approche pour le récupérer. J'embrasse maman sur la joue. Sa peau est si douce. Je pose à nouveau la question, même si je sais qu'ils accepteront de me laisser sortir – à cette période, aucun parent du lotissement n'interdit à ses enfants de jouer dehors. Ma mère répond souvent la première Wa. Mon père à son tour reprend Wa wa, en accompagnant son accord d'un mouvement de la main qui balaie l'air. Puis il aplatit du bout de son index sa moustache brune et frisée.

Je fais glisser la porte délicatement en quittant la cuisine alors qu'ils reprennent leur conversation. Je reste derrière un instant. Je les écoute sans rien comprendre à ce qu'ils se racontent. Je devine qu'ils parlent de la famille vivant en Algérie quand j'entends les mots urti et ralti. J'aime les entendre parler, éprouver l'étrange familiarité de cette langue. J'aime son mystère. Face au miroir, je suis deux fois moi : une petite Vendéenne qui ne sait rien de l'Algérie, une fille d'exilés qui cherche à retenir ce qui tombe dans l'oubli / une danseuse orientale, une chanteuse de raï, une conteuse des hautes plaines.

Je danse sur leurs répliques, les bras au-dessus de ma tête, j'ondule le bassin. Sur la musique de ces consonnes si particulières que mes parents tirent du fond de leur gorge ou de l'arrière-bouche, qui sortent brutes ou adoucies par la lame de leur langue glissant souplement contre le palais, j'étends les bras en dessinant des mouvements semblables à des vagues. Comme un refrain, les syllabes prolongées Wa (Oui) et La (Non) ponctuent régulièrement leurs propos respectifs. Quand mon père parle, c'est ma mère qui chante Waaa ou La la la. Quand ma mère prend la parole, c'est mon père qui scande Wa wa wa ou Laaa laaa. J'articule silencieusement, remue exagérément les lèvres pour métamorphoser mon français en arabe. Je reçois leur discussion comme un poème, une chanson populaire.

Ce dialogue, tous les enfants nés en France de parents algériens l'ont entendu. Le groupe 113 en a fait une chanson. *Tonton du bled* raconte l'échange qui oppose un père et son fils avant le départ en Algérie au début de l'été. Le fils préférerait rester à la cité mais le père répond La. Il propose d'emmener ses amis mais le père dit La. Il annonce qu'il y passera ses vieux jours, le père fait Wa.

Nous ne pratiquons pas ce rituel des « vacances au bled ». Nous passons une partie de l'été au camping à L'Aiguillon-sur-Mer. Nous partons à Mervent pour pique-niquer en forêt puis nous baigner au lac. Certains jours, je vais au Terrain d'Aventure, où l'on peut construire des cabanes ou s'occuper des animaux du poulailler. Nous n'avons jamais passé nos vacances en Algérie. Mon père a interdiction de revenir dans son pays parce qu'il est un harki. Il n'a pu y retourner qu'une fois, avec ma mère, quelques années après l'indépendance. Linda, Jalil et moi n'étions pas nés. J'ignore comment ils obtiennent leur visa. Peut-être partent-ils sans savoir s'ils passeront la frontière. Ils ont besoin d'essayer d'y retourner. Ils y parviennent. De cet unique voyage dans les années 70, mes parents rapportent quelques affaires personnelles en bon état. Parmi elles, une machine à coudre Singer, démontée en Algérie pour la faire tenir dans le coffre de la voiture, remontée à Fontayne. Elle est dans la salle à manger et n'en a jamais bougé.

Elle y est toujours en 2020, quand je retourne dans la maison – nos parents nous l'ont léguée. Je suis d'abord venue pour deux semaines, qui durent trois mois suite à l'annonce d'un confinement qui n'en finit plus de s'étirer. Le lotissement a vieilli. À l'exception des Boissinot, des Boulard et de Jocelyne Vignaud, tout le monde est parti. Soit ils ont déménagé, soit ils sont morts. Les nouveaux habitants sont des retraités de la banlieue parisienne ou des familles modestes de la région des Pays de la Loire. Les maisons sont vendues trois fois le prix d'origine. Elles sont achevées depuis longtemps, modernisées grâce à une véranda, des volets roulants, une pergola, une cabane de jardin, des panneaux solaires ou un jacuzzi.

Le lieu est calme. Il n'y a que le klaxon du boulanger, vers midi, pour rythmer les journées vidées des sons de mon enfance (les grincements de portail, les bruits de voiture et de mobylette, la musique rock dans la voiture de Thierry, les cris de jeu, de joie, de rupture amoureuse...). Des agents municipaux ont accroché des panneaux en papier sur les troncs d'arbre. Interdiction de pénétrer dans cette zone. Cette zone, notre terrain de jeu, de réunion, de liberté. Elle est fermée mais de toute façon plus personne ne l'occupe depuis longtemps. Il n'y a plus eu d'enfants après nous pour l'occuper, la transformer, la faire vivre. Elle est totalement défigurée depuis que la mairie a imposé un terrain de pétanque fait avec quatre poutres d'occasion, une table de ping-pong en pierre et un panier de basket branlant au filet troué. On ne voit plus la différence entre la partie en sable et celle en herbe. Les pluies abondantes ont fait émerger de la mousse verte et gluante, qui recouvre tout l'espace.

Je suis seule avec Linda dans la maison. L'après-midi, j'écris ou je lis. De la documentation technique liée à l'histoire industrielle du XIXe siècle exclusivement. Linda suit une formation informatique à distance. Un soir, sur France 4, nous découvrons par hasard un concert du groupe 113 avec l'Orchestre philharmonique de Radio France. La base hip-hop est soutenue par une orchestration traditionnelle. Un joueur de darbouka, isolé sur la scène, les accompagne. La version dure huit minutes. Le refrain s'amplifie davantage chaque fois qu'il se répète. Le motif s'achève en glorifiant la beauté et la puissance de la rencontre de l'arabe et du français. Comme le symbole du double exil de ces langues indissociables. Je retrouve à cet instant l'exacte partition qu'ont parlée mes parents toute mon enfance. Cette composition originale est la preuve qu'il n'est pas de langue pure, conventionnelle, définitive et exclusive mais seulement des variations, complexes et infinies, des migrations mélodiques, rythmiques, harmoniques des langues entre elles, comme il en existe dans la musique de Brahms, Mozart, Bach, Beethoven, Stravinsky, et qui sont de véritables chefs-d'œuvre.

6

Le samedi soir, je peux regarder un peu la télévision. Souvent, c'est *Champs-Élysées* et ça m'ennuie sauf si mon père est avec nous parce qu'il ne travaille pas. Il imite tellement bien le présentateur qui prononce toujours rapidement le prénom de l'artiste et détache avec insistance les syllabes de son nom. Il fait mine de tenir un micro dans sa main et s'exclame : Ca-thrine LA-RA ! Il chante aussi. À la manière d'Eddy Mitchell, il fredonne « Belleville » en reproduisant l'effet velouté de la voix du crooner et cet étirement très particulier de la dernière voyelle, semblable au cri du loup, celui qu'il dit avoir entendu dans la plaine, enfant. C'est autre chose que les imitations des voix d'Africains par Michel Leeb, qui ne font rire personne à la maison. On lui préfère Louis de Funès. Mon père connaît tous ses films, toutes les répliques.

Le dimanche, le parking se remplit de voitures immatriculées dans d'autres départements que le 85.

Les familles reçoivent. Il suffit de faire un tour du lotissement pour deviner ce qui se cuisine dans chaque maison. En passant devant chez les Vignaud, on se régale des parfums épicés de paella. Mme Martineau fait des gâteaux, au chocolat le plus souvent. Chez les Souchard, ça sent le poisson. Chez les Couillaud, le jambon cuit. Les grillades embaument la cour des Boissinot, Géraldine rapporte souvent des saucisses invendues de la boucherie. Des odeurs de légumes variés s'échappent des fenêtres entrouvertes de la cuisine des Michaud. Le fumet de l'andouillette stagne autour des Boulard. Chez nous, le four en pierre construit par mon père exhale une délicieuse odeur de pain pétri à la main par ma mère. À la différence des autres maisons, nous ne recevons personne, n'ayant pas de proches en Vendée, ni nulle part en France.

C'est toujours le même rituel. On doit se laver les mains soigneusement. On s'installe à la place qui nous a été attribuée définitivement depuis longtemps : Linda mange à côté de Jalil, moi à côté de ma mère, mon père en bout de table. Maman sert la felfla, dont la préparation l'a occupée une partie de l'après-midi. Mon père arrive avec, entre ses mains, le pain chaud couvert d'un épais torchon en lin blanc. Il coupe le pain rond en deux, recoupe une moitié en cinq parts individuelles qu'il distribue à chacun. Le morceau chaud et fumant brûle les doigts. Nous caressons la croûte dorée et croustillante. Nous reniflons le parfum de la mie moelleuse et alvéolée. Nous remercions nos parents avant de tremper le premier morceau de pain dans la felfla. À la fin du repas, Jalil demande à ma mère – il sait pourtant qu'elle acceptera – s'il peut prendre la dernière part pour Thierry. Il adore ça, le robz. Je souhaite secrètement que ce soit Linda qui la lui apporte.

Thierry remercie Jalil d'un Oh, du robz ! T'es un frère, mon pote ! Ils discutent avec Mickaël, assis dans la Simca garée sur le parking vide. Le dimanche soir, il n'y a que des grands dehors, aucun petit parce qu'il y a école le lendemain. Ils ressassent la semaine de travail passée, appréhendent celle à venir, s'imaginent un futur aussi sombre qu'incertain. Mickaël évoque les familles modestes qui achètent des habits et du matériel de cuisine à Emmaüs pour faire des économies. Jalil regrette d'avoir signé ce TUC – ce TRUC, dit Thierry – à mi-temps. Il vient d'apprendre qu'il ne cotise même pas pour la retraite. Thierry s'émeut du fait que Jalil ait tant galéré pour trouver un emploi alors qu'il est titulaire d'un bac B. Puis il se lance dans une analyse des rapports de production.

C'est pas les diplômes, le problème, c'est l'organisation du travail. Moins y a de boulot, plus ils peuvent baisser les salaires, plus on doit se battre pour en obtenir un en acceptant les sales conditions qui vont avec. Quatre mois que j'attends les heures sup de mon précédent taf. Je réclame pas trop souvent parce qu'à force l'intérim m'aura dans le viseur et on me proposera plus rien. La fermer et marcher droit, c'est la devise de l'intérimaire.

C'est dégueulasse, dit Mickaël.

C'est dégueulasse, répète Jalil.

C'est dégueulasse, on a faim, enchaîne Thierry en fredonnant la chanson de Bérurier noir qui passe dans sa voiture.

7

Nous aimons jouer à reproduire l'organisation d'une ville. Nous la dessinons à la craie, sur le goudron. Nous l'imaginons avec des logements, soit quatre maisons. Des commerces, soit une épicerie, un garage, un restaurant, une boulangerie. Des services que nous jugeons indispensables, soit une école, un hôpital, un commissariat, une mairie, une déchèterie, un bureau de poste, un stade municipal, une piscine qui n'ouvre au public que le week-end et pendant les vacances scolaires. Il y a toujours une usine parce que, dans nos esprits influencés par l'économie industrielle, une ville n'existe pas sans usine.

Nous prenons soin de varier les couleurs des craies pour mieux distinguer les commerces (jaunes) des établissements publics (rouges), l'usine (blanche) de nos logements (verts). Nous travaillons beaucoup, occupons plusieurs postes en même temps afin que les habitants bénéficient autant que possible des services. Loïc tient l'épicerie tout en travaillant à la mairie ainsi qu'au commissariat, abrité dans un local attenant. Arnaud est mécanicien en même temps qu'il travaille à l'hôpital. Sophie tient la boulangerie et le bureau de poste situés l'un à côté de l'autre. Elle se déplace de temps en temps pour ouvrir la déchèterie. J'ai le restaurant que je n'ouvre que le soir, étant à l'école la journée. Je travaille aussi au stade et à la piscine, en fin d'après-midi. Seule l'usine peut, grâce au travail en 3 x 8 des ouvriers, tourner sans nous.

Nous incarnons avec conviction nos métiers. Nous adoptons le ton à la fonction : le policier est ferme, l'institutrice douce, l'employée de la poste détachée, le garagiste enjoué... Je veux acheter du pain mais Sophie annonce qu'elle doit fermer son commerce, elle tousse beaucoup. Elle se rend à l'hôpital. Arnaud n'y est pas, retenu par un client dont la voiture est en panne. En apprenant qu'il n'a pas pu soigner Sophie, il envoie une lettre en urgence à la mairie pour réclamer le recrutement d'un deuxième médecin. Il tient l'idée d'un échange entre sa mère et Jocelyne Vignaud, secrétaire à l'hôpital de Fontayne. La seconde rapporte régulièrement à la première les difficultés liées au manque de personnel.

Puisque nous sommes capables de créer une ville essentielle et autonome, nous ne comprenons pas que la réalité en soit autrement. Le jeu nous autorise à penser que notre vie sociale pourra être différente de celle que subissent les grands. Géraldine n'a pas choisi d'être vendeuse, David n'a pas d'espoir en l'avenir, Bertrand attend son frère militaire pour ouvrir son garage, Carine se voit suivre Linda qui rêve sans y croire de Paris, Mickaël ignore ce qu'il fera après son service en tant qu'objecteur de conscience à Emmaüs, Thierry enchaîne les missions d'intérim comme manutentionnaire, Nathalie veut acheter un salon de coiffure mais ignore comment et avec quoi, Lionel ne trouve aucun travail où il se sent assez respecté pour s'engager corps et âme, Jalil espère mieux.

Le week-end, ils tentent d'échapper à ces fatalités sociales. Vers 23 heures, ils quittent le lotissement pour rejoindre une buvette dans une salle des fêtes aux alentours, à Mouzeuil, Pissotte, Maillezais, Doix... Ils vont en discothèque à Vix ou se retrouvent dans la grange d'un copain dont les parents sont agriculteurs. Ils rentrent un peu avant le lever du jour, pour ne pas croiser leurs parents sur le point de se réveiller. Ces rares échappées leur procurent la sensation, féroce, d'exister en dehors d'une société à laquelle leurs parents croient mais qu'eux rejettent et repousseront tant que la force de leur jeunesse ne sera pas enterrée. Parfois, faute d'argent pour payer l'essence, une entrée en boîte de nuit ou une bière dans le centre-ville, ils restent dans le lotissement. À mesure que la nuit avance, leurs voix résonnent plus fort. Ils boivent et fument sous les lampadaires. Ils voudraient vivre plus souvent hors de ce lieu, quitter cette boucle bétonnée sans avenir, une sorte d'agora sans influence. Les parents, eux, trouvent ce monde fermé rassurant. Ils commencent à n'en éprouver les limites qu'à la fin des années 90 quand, à La Fabrique de roulements, on commence à licencier les ouvriers, dont Christian Boulard et Michel Michaud font partie.

En 1998, je pars étudier à Nantes. Je reviens régulièrement à Fontayne le week-end. Dans les cafés de la ville, j'écoute les ouvriers paniqués parler de la fermeture de l'usine. Je lis la presse locale qui consacre plusieurs articles à l'avenir sombre de La Fabrique. Je mesure alors la violence de la méthode employée pour vider le lieu de ses machines et de ses travailleurs dévoués. Je ne suis plus une enfant. Les règles du jeu ont changé. Les petits et les grands, tous à part Bertrand, son frère et Mickaël, ont quitté le lotissement. Les noms sur les boîtes aux lettres n'ont pas changé. Seul celui des Robinot a remplacé celui des Souchard, partis près de Montaigu dès que le père a pris sa retraite de maçon. Tout est identique à hier – les maisons, le terrain de jeu. Tout semble pourtant plus fragile – on n'occupe plus l'espace central, on ne se fréquente plus, on parle moins et moins fort. Notre ville est en train d'accueillir les désillusions du néolibéralisme, et ses méthodes qui prennent les adultes pour des enfants stupides.

8

Quand nous jouons sur la route, nous sommes régulièrement interrompus par les voitures. Nous les laissons passer en adoptant un comportement différent selon les conducteurs. Si c'est Véronique Boulard, on rit de son corps invisible, enfoui dans le siège de sa 4L. On ne voit que sa chevelure blonde dépasser du volant, on dirait que le véhicule se conduit seul. Si c'est Couillaud, on court sur le trottoir, de peur qu'il ne nous écrase avec sa Peugeot 309 rouge. On sourit aux Douillard dont la Ford, une américaine noire luisante aux jantes brillantes, nous impressionne. On salue nos parents – la Citroën BX aux suspensions hydropneumatiques des Michaud, le Renault Espace des Martineau, la R18 des Benali, l'Opel Kadett des Souchard – ainsi que l'élégante Jocelyne Vignaud dans sa LNA Cannelle dont la couleur rappelle l'épice sucrée. Et lorsque Thierry passe dans sa Simca, on se retire immédiatement. On le regarde passer avec admiration, comme s'il s'agissait d'un cortège ministériel.

Le lotissement vit au rythme des voitures qui y entrent et en sortent. On n'imagine pas notre vie quotidienne sans elles. Elles occupent les cours des maisons et les trottoirs. Les bruits de moteur, qui caractérisent le véhicule de chaque habitant selon qu'il claque, siffle ou vibre, accompagnent nos réveils. On baigne dans cette ambiance sonore, le jour et la nuit. On respire de légers effluves d'essence quand on nous frôle. On n'emploie pas le verbe polluer, ou bien sans complément, parce qu'il recouvre encore une signification abstraite. On comprend qu'il s'agit d'une action nuisible mais pas inquiétante. On n'établit pas encore un lien entre l'air qu'on respire et les cancers incurables qui peuvent atteindre toutes les parties du corps, les maladies chroniques invalidantes, les désastres qui ravagent les eaux et les champs du monde entier, dans le Yunnan ou l'oblast de Riazan, dans les vallées du Montana ou les plaines de Vendée.

La voiture – qu'on appelle aussi la bagnole, la caisse, la tire, la charrette – est un objet qui comble notre imaginaire. Loïc raconte que si la voiture de Couillaud est rouge c'est parce qu'elle est imprégnée du sang d'un cadavre caché dans le coffre. Il a commis ce crime de ses propres mains, et s'il nettoie si souvent sa Peugeot, c'est pour effacer ses empreintes. Je pense que la Citroën de Michel et Martine Michaud, quand elle a quitté le lotissement, peu à peu s'élève dans les airs. Alors ils s'envolent, comme Jean Marais dans *Fantômas se déchaîne* et, à la manière du personnage fuyant le commissaire Juve, ils se mettent à rire gravement, fièrement. Leurs rires éclatants, comme une échappatoire au quotidien et à ses milliers de difficultés.

Grâce à la voiture, nous pouvons découvrir la forêt à une quinzaine de minutes ou la mer à une heure et c'est pas rien. C'est aussi un refuge. Comme l'est pour moi le camion de mon père. Il a acheté un Saviem à crédit pour en faire un camion de restauration ambulante – en 1989, on ne dit pas food-truck. Ses dimensions – 5 mètres de long, 2 de largeur, 2,5 de hauteur – rappellent les véhicules de pompier. Il l'a repeint en jaune clair. Quand il ouvre le battant latéral, une banderole en tissu se déroule, sur laquelle il est écrit *Frites – Merguez – Crêpes*. C'est Jalil, Linda et moi qui l'avons confectionnée.

Presque tous les samedis, mon père prépare son camion pour passer la nuit sur le parking de la discothèque à Sainte-Hermine. Il arrive vers 22 heures et y reste près d'une heure après la fermeture à 5 heures. Il dit en souriant Là-bas, le commerce marche bien. Les gens, toute la nuit, ils sont enfermés. Ils dansent, ils boivent. Quand ils sortent, ils sont saouls alors ils ont faim.

En fin d'après-midi, au moment où il prépare le camion, je le suis dans chacun de ses allers-retours, de la cuisine de la maison au camion. Je l'aide à porter les broches à merguez, les torchons, les barquettes en plastique pour les frites. Lui transporte l'épaisse planche à découper, les couteaux larges et tranchants, les poêles et la friteuse, les bidons de pâte à crêpe préparée le matin, la viande fraîche, les sacs de pommes de terre en filets de dix kilos. Je ramasse avec une balayette la poussière qui traîne sur le sol en lino. J'essuie les petits verres marqués d'un chiffre mystère dans le fond qui s'égouttent sur des clous plantés sur une plaque en bois. Quand j'ai terminé, je m'assieds sur le marchepied et j'attends là que mon père termine sa mise en place. La caisse est la dernière chose qu'il range, toujours. Après le tintement du tiroir qu'il a fermé à clé, je sais qu'il me donnera une cannette de soda.

Je n'aime pas le samedi soir, quand mon père quitte la maison après le dîner. Je le regarde au volant de son camion. Je le vois traverser le lotissement et je l'envie de partir alors que je reste à la maison en pyjama. J'imagine qu'il part au volant de son camion comme un aventurier en expédition. Je me représente le métier de commerçant ambulant comme celui d'un marchand en caravelle du XVe siècle parce que je crois qu'il y a un monde très différent en dehors de Fontayne, de notre lotissement, ce cercle dans lequel je commence à tourner en rond.

Une fois, il nous emmène avec lui. C'est un dimanche. Mon père travaille le dimanche s'il réussit à trouver une kermesse, une fête de village, un concert, un loto. Ce jour-là, il obtient une place sur un parking de Sainte-Hermine. Tous les cars de touristes qui se rendent à la foire-exposition organisée à La Roche-sur-Yon s'y arrêtent. Chaque arrivée crée une pagaille joyeuse, chaque départ laisse un vide.

Il faut nourrir une centaine de personnes à l'heure du déjeuner. Jalil et Linda aident mon père. Comme je suis petite, on me confie des tâches inutiles mais ça me donne le sentiment d'aider sérieusement. Le dernier car de touristes qui veulent déjeuner passe vers 14 heures. Nous pouvons manger ensuite, enfin. Il n'y a rien de meilleur que les sandwichs de mon père. Des demi-baguettes avec deux merguez et des frites qui débordent. Pour le dessert, il nous prépare des crêpes moelleuses, fines et sucrées. Puis il glisse une vingtaine de francs à Linda pour régler les entrées de la piscine. On y va à pied et pendant qu'on se baigne, qu'on joue à sauter le plus loin possible, à plonger jusqu'à toucher le fond du bassin, à faire semblant de se noyer, mon père fait les comptes. Il ne sait ni lire ni écrire mais il sait compter.

À notre retour, je cours vers le camion. Mon père me tend une crêpe. Je ne crois pas qu'il m'embrasse ou me prend dans ses bras, il n'est pas très familier des gestes de tendresse, surtout en public. Mais peut-être qu'il dépose un baiser discret sur mon front, accompagnant le mouvement d'une caresse, légère. C'est ce qu'il fait quand il veut signifier qu'il nous protège. Je monte à l'avant, sur la banquette large et confortable. J'étends mes jambes fatiguées, les pieds sur le tableau de bord. Les yeux dans le vague, je déguste ma crêpe.

Mon père, Linda et Jalil épluchent des pommes de terre et coupent des baguettes avant d'accueillir de nouveaux clients, jusque tard le soir. Pour les faire rire, il répète Sainte-Hermine, chacun sétchoupine. Ils ne comprennent pas mais font comme si. Je répète parfois l'expression en jouant dans le jardin, sous ma douche, devant le miroir. Pendant des dizaines d'années, elle demeure incompréhensible. Mon père la réutilise un jour, spontanément. Il a quatre-vingt-cinq ans. On discute du mauvais temps devant la télé qu'on ne regarde pas. Je lui demande ce que ça veut dire. Il m'explique une première fois en faisant un effort d'articulation, je ne comprends pas. Il essaie une deuxième fois, ajoutant un geste à sa parole. Il porte une bière à ses lèvres en précisant Moi j'ai un tchoupine, toi t'as un tchoupine, chacun un tchoupine. Et je comprends alors le proverbe : À Sainte-Hermine, chacun sa chopine. On rit. Je l'embrasse et me revient à l'esprit ce dimanche en famille, la crêpe et les sandwichs de merguez garnis de frites, les jeux à la piscine, mon père amusant et flattant les clients qu'il sert. Je me revois l'aider en tendant une serviette en papier ou un petit sachet de sel. Je me souviens surtout du retour en camion, plongé dans la nuit noire de la départementale 148, après une journée parfaitement joyeuse. Fixant la route, les phares des véhicules qui nous précèdent. Pensant à la journée d'école du lendemain. Résistant à la fatigue pour profiter jusqu'au bout de ce dimanche exceptionnellement long. Avalant la nuit avec une confiance absolue en notre vie.

Blottie entre Jalil et Linda sur la banquette, je peux voir mon père, ses mains épaisses sur le grand et fin volant, son sourire discret, signe que la journée de travail a été bonne. Il conduit avec assurance ce camion qui est devenu le moyen de nourrir sa famille, de rembourser le crédit de la maison et celui des deux véhicules. Il a choisi ce métier après la maçonnerie et son accident sur un chantier, après la guerre et ses cauchemars, après une moitié de vie à exécuter des tâches ingrates parce qu'il était un employé arabe en France, parce qu'il était un militaire dans les rangs français en Algérie. Il l'a choisi parce que avec ce commerce ambulant, il n'a pas d'autre patron que la banque – c'est bien suffisant.

Et travailler dehors, discuter avec les touristes, les habitants, les gendarmes ou le maire de la commune où il s'installe à l'occasion d'une kermesse ou d'un défilé, ça représente une forme de vie imprévisible. Il doit y retrouver une part de liberté de son enfance passée dans la plaine et dans les lacs d'un village de la wilaya d'Aïn Témouchent, une région où presque tous les noms de lieux commencent par Aïn, la source.

9

Mon père me fabrique une caisse à savon. Il y travaille depuis plus d'une semaine. Loïc, Sophie, Arnaud et moi organisons une course mercredi après-midi. Il a assemblé quatre planches de bois repeintes en rouge et noir. Deux planches latérales clouées sur une plaque horizontale forment un siège. Un panneau vertical monté à l'avant permet de poser mes mains. L'ensemble est monté sur quatre roues de caddie récupérées auprès du gérant du supermarché de Fontayne. Mon père le connaît bien, il se fournit régulièrement là-bas. Je dirige la caisse à savon grâce à un tasseau de bois relié aux roues avant et vissé sous la planche horizontale, laquelle est percée à l'endroit où je passe mes pieds pour pousser la barre de direction à droite ou à gauche. Il n'y a pas de frein. Pour m'arrêter, je bute lentement contre un trottoir ou je saute de la voiture pour l'immobiliser.

Le modèle d'Arnaud n'a pas de frein non plus.

Son père a utilisé les roues d'un vieux landau qu'il a associées à une caisse en bois faite avec des palettes trouvées dans son entreprise de maçonnerie. Arnaud dirige la caisse grâce à un câble en plastique relié à une barre transversale fixée aux grandes roues avant. Son père a installé un crochet à l'arrière, y a attaché une conserve au moyen d'une corde, pour imiter le bruit d'un pot d'échappement. Arnaud a peint son bolide en bleu foncé, la couleur de la gendarmerie. Il voudrait bien l'intégrer plus tard.

La caisse de Sophie est faite de planches rembourrées avec de vieux coussins que sa mère avait rangés dans un placard sans jamais avoir eu l'occasion de les utiliser. On dirait un canapé roulant multicolore. Son père a trouvé des roues de vieux tricycles à Emmaüs. Il a également pris un guidon dont la fourche reliée à la barre de direction permet à Sophie de conduire avec précision.

Loïc a une voiture en bois repeint en jaune clair. Il s'est amusé à dessiner des trophées au feutre noir. Son père a récupéré discrètement des roulements à billes tout neufs à La Fabrique. Il les a recouverts de morceaux de caoutchouc puis les a vissés sur des plaques en métal posées sous une planche de contreplaqué. Sur ce châssis, il a fixé un siège de tabouret en plastique. Le volant est une roue de vélo vidée de ses rayons, soudée à une tige en acier reliée à la barre de direction. Sur sa voiture, Loïc dispose également d'un système de freinage, un manche à balai qui bloque les roulements à billes.

La route entre le terrain central et nos maisons forme un anneau ovale, comme une version réduite d'un circuit automobile professionnel. On donne le départ devant chez Thierry. Sur la ligne, deux caisses à savon s'affrontent. Les autres marquent le début de la course d'un coup de sifflet. À l'arrivée, ils secouent un mouchoir blanc. Lors du premier tour qui m'oppose à Loïc, je brille en m'élançant vivement. Portée par des jambes rapides, je pousse la caisse puis saute dedans. Mais je perds de la vitesse dans le virage et, dans le faux plat en légère descente, Loïc me dépasse, le visage serein. Arnaud propose d'affronter le gagnant de cette première course. Je siffle, Loïc démarre en flèche avant de sauter dans son siège. Il dirige sa caisse avec précaution pour aborder le premier virage. Arnaud le suit de près mais il ne parvient pas à le dépasser, malgré ses roues de landau qui amortissent parfaitement les chocs quand il passe sur les nids-de-poule, malgré le bruit de son échappement en boîte de conserve. Loïc franchit la ligne avec une dizaine de secondes d'avance. Sophie promet de gagner la dernière course. Elle veut rapporter une victoire comme une revanche collective. Sophie est toujours du côté des perdants et, dans la cour de récréation, je la soutiens quand elle prend leur défense. Arnaud et moi sautons de joie sur la ligne de départ. Loïc est calme. Il part concentré et plein d'allant. Sophie le gêne dans le premier virage mais, contrairement à elle, il dispose d'un frein, il peut corriger sa trajectoire pour l'éviter et poursuivre sa course. Loïc a près d'une quinzaine de mètres d'avance sur Sophie. Nous la regardons se rapprocher lentement, souriante, les cheveux flottants, le corps vibrant dans sa caisse à savon fleurie molletonnée.

Soudain, Thierry sort de son garage en courant, un extincteur à la main. Nous cherchons des yeux un feu dans le lotissement. Sophie, en descendant de sa voiture, montre la fenêtre légèrement entrouverte de la chambre de Jalil. Un fin filet de fumée s'en échappe, qui noircit le mur crépi extérieur. Je cours après Thierry. Il m'arrête, me retient, m'ordonne de rester loin de ma maison. Je rejoins Arnaud, Loïc et Sophie, regroupés sur la ligne d'arrivée. On le regarde se précipiter dans la cour sans sonner. La porte d'entrée est fermée. Il passe par-derrière pour rejoindre le jardin, y trouve Jalil et ma mère nettoyant le four à pain.

Elle comprend que Jalil a fumé des cigarettes quand Thierry lance Hé ! Ça fume dans ta chambre, frère ! Elle jette un regard froid et étonné à son fils.

La bougie ! P'tain, c'est ma bougie !

Rmal, dit-elle en lui claquant l'arrière de la tête.

Thierry répète l'épithète malheureuse après elle.

Il recommande de couper le courant au compteur général puis il monte l'escalier à toute vitesse pour éteindre le feu. Une partie du rideau a brûlé. Il se consume encore à petit feu quand Thierry entre dans la chambre. Le tissu imprégné de particules en plastique a provoqué la fumée noire et épaisse.

C'est plus impressionnant depuis l'extérieur qu'à l'intérieur, madame. Faudra quand même nettoyer la mousse de l'extincteur et repeindre le plafond.

C'est lui, le rmal, qu'il va le faire, répond ma mère en pointant du doigt Jalil, muet.

T'as entendu ? Ta mère elle a dit c'est toi qu'il va le faire, rmal !

Oui, M'man, c'est moi qu'il va le faire.

Allez c'est pas grave, personne il est mort, rien que ça qui compte.

Jalil décroche le rideau brûlé et trempé par la mousse. Ma mère raccompagne Thierry à la porte en le remerciant mille fois si bien qu'elle continue à le remercier alors qu'il est rentré chez lui. Je ne pense pas à dire au revoir à Arnaud, Sophie et Loïc. Je cours vers ma mère et plonge ma tête dans son ventre. Mes bras enserrent sa taille, elle me caresse les cheveux et répète que ce n'est rien, rien du tout.

Un peu avant le dîner, Thierry déplace sa voiture stationnée à cheval sur le trottoir devant chez lui. Il la gare sur le parking. Régulièrement, les conducteurs bougent leur voiture de quelques mètres ou font un tour du lotissement. Pour décrasser le moteur, se justifient-ils. Le père de Sophie juge la pratique inutile voire carrément idiote : un moteur ne rouille pas parce qu'il n'a pas été allumé pendant quelques jours. Et il rappelle que consommer du gasoil revient à consumer la planète, dont nous sommes tous responsables. Couillaud plus que nous autres, lui qui se pavane dans le lotissement sur sa moto fumante.

David roule en regardant vers la chambre de Jalil chaque fois qu'il passe devant notre maison puis il vient se garer à côté de la Simca. Il descend de la moto et, en marchant, retire son casque à la visière teintée. Il frappe à la fenêtre conducteur que Thierry abaisse en tournant la manivelle orange. David demande si le feu était grave. Thierry le dévisage avant de l'ignorer. Il range des papiers et des cassettes dans la boîte à gants. David repose sa question. Thierry ne répond pas. L'autre se rapproche encore, le fixe avant de lancer sur un ton mal assuré Au lieu de jouer le héros, fallait les laisser cramer, les crouilles.

Puis il retourne vers sa moto. Thierry sort de sa voiture, attrape David par le col de son blouson et lui fait faire un demi-tour sur lui-même. David le menace d'un coup de casque. Thierry se rapproche de son visage, le regarde droit dans les yeux, serrant plus fort encore son col qu'il tient dans sa main droite. Il lui chuchote qu'il n'a aucun avenir, qu'il crèvera de sa connerie. David rit en se pinçant les lèvres. Il tire le manteau de Thierry par le bas et le pousse assez fort pour dégager son corps oppressé. Thierry lâche David, puis il s'éloigne en direction de sa voiture. Il se retourne, avance à nouveau vers Couillaud, le fixe trois secondes. Il lui donne un violent coup de tête dans le plexus. David vacille. Il veut se retenir à la poignée de sa moto mais la rate. L'engin tombe à côté de son corps écroulé sur le parking.

Il balaie d'un revers de main les gravillons sur son jean avant de se relever. Il redresse sa moto, l'enjambe maladroitement puis démarre en jouant avec la poignée pour faire vibrer son pot d'échappement et signifier sa colère. David promet à Thierry qu'il le lui fera payer. Il met son casque et quitte le lotissement.

C'est ça, envoie-moi la note, tu connais mon adresse, réplique Thierry en montant dans sa voiture.

10

Ce dimanche de novembre, je ne trouve personne pour jouer. Arnaud est à Challans, chez son oncle, pour célébrer en famille le baptême d'une cousine. Je vois Sophie avec son père et sa mère qui se dirigent vers leur voiture. Je saute à la corde dans ma cour, elle me fait un signe de la main, encombrée de son seau et de son épuisette. Comme ses parents, elle porte un imperméable sur un pull à col roulé. J'en déduis qu'ils vont à la pêche à l'écrevisse, très certainement sur une plage de La Faute-sur-Mer. Je vais sonner chez Loïc. Lionel, son grand frère, ouvre la porte.

Ils sont partis chez la grand-mère à Vouvant, ils rentreront pas avant 18 heures, au moins.

T'es pas allé avec eux, toi?

Oh, le dimanche en famille, moi, tu sais...

Il passe sa main dans ses cheveux ébouriffés. Il est torse nu. Depuis la porte d'entrée, comme dans toutes les maisons du lotissement, on peut apercevoir la cuisine. Géraldine se sert un verre d'eau au robinet. Elle porte un jean et une brassière, partiellement recouverte par ses cheveux blonds. Après chaque gorgée, elle balance la tête sur la musique qui sort du poste branché à côté de l'évier. Elle écarte son verre, se met à danser sur *Quand la ville dort*. De son index, elle désigne le ciel, la lune et le soleil, dessine des larmes quand la chanteuse évoque celles qui s'évaporent. Elle s'arrête pour boire. Elle pose son verre, fixe le jardin par la fenêtre de la cuisine puis elle bouge mollement et chante d'une voix monotone.

Tu diras à Loïc que je suis passée. Et fais gaffe à pas choper une crève.

Ni rhume ni travail, ni famille ni patrie ! Pense à bien fermer le portail derrière toi, steuplaît.

Sur le parking, Thierry bricole je ne sais quoi dans sa voiture. Il me salue, je suis contente. Il crie Ah ! Quand même ! quand il aperçoit le gitan en mobylette. C'est un jeune homme au teint ambré et aux cheveux noirs courts et brillants. Il porte toujours un ensemble de jogging. Il travaille à la casse automobile des Mille Clous, un lieu-dit à une dizaine de kilomètres de Fontayne. Tout le monde l'appelle « le gitan ». Comme personne ne semble savoir comment il s'appelle véritablement, souvent les grands le saluent en chantant Daniel Guichard. Le gitan le gitan, qui jamais ne dit son prénom, sourit. Thierry lui serre la main. Son corps trapu rebondit sur la selle en cuir synthétique montée sur ressorts. Thierry ouvre le capot de la Simca pendant que l'autre immobilise la Motobécane en baissant la béquille latérale d'un coup de pied franc. Leurs bustes disparaissent sous la tôle inclinée de la voiture.

Je tourne en rond dans ma cour, jette un œil de temps à autre en direction de la Simca. Je sursaute lorsque Thierry fait vrombir le moteur de la voiture. Il passe sa tête par la fenêtre et lève le pouce en souriant. Il sort du véhicule, tend un chiffon au gitan qui essuie ses mains graisseuses, l'air satisfait. Ils se serrent la main puis le gitan le gitan remonte sur sa mobylette. Il quitte le lotissement debout sur les pédales, fait une roue arrière avant de poser lourdement ses fesses flasques sur la selle molle.

Je rentre et je monte immédiatement dans ma chambre. J'ouvre grand les volets que ma mère a accrochés en tuile. Je pousse chaque battant l'un après l'autre avec force. Les panneaux en bois résonnent en cognant contre la butée, troublant le silence du lotissement. Le paysage est mélancolique. Tout est vide – le banc, le terrain de jeu central, le parking, les cours de nos maisons. Rien ne bouge – pas même les arbres roux, bientôt intégralement nus. Le ciel est couvert de nuages blancs ternes, presque immobiles. J'ai lu le premier chapitre de *Croc-Blanc* la veille et révisé mon contrôle de français ce matin. J'ai appris par cœur et sans peine l'orthographe ainsi que les définitions de ménager – blême – saccader – farouche – ardent – un gaillard – quereller – un boqueteau – la clameur – singulièrement. Après quoi, j'ai rangé mes affaires et retrouvé mon père dans la salle à manger. Depuis un mois, je lui apprends à écrire son nom, son prénom, notre adresse. C'est lui qui me l'a demandé. Je rédige toutes les informations sur une feuille blanche, en majuscules. Il recopie soigneusement en dessous de mon exemple. Il y met beaucoup d'application. Chaque semaine, ses lettres sont moins bancales et vibrantes sur le papier. Mais elles garderont toujours cet aspect vacillant, comme si ses mots reproduisaient ses tremblements intérieurs. Il éprouve de la fierté quand il a terminé en même temps qu'une certaine gêne de ne savoir écrire que cela. Il me demande toujours de renseigner les enveloppes et les formulaires, de peur que, jugeant son écriture imparfaite, on ne lui manque de considération.

Je tire un puzzle de sous mon lit, glissé là depuis plusieurs semaines. Je colle les dernières pièces au centre de l'image figurant une montgolfière multicolore perçant un coucher de soleil violet comme il n'en existe nulle part. Je descends au salon présenter l'ouvrage achevé à ma mère. Elle me dit de le poser sur la table de la salle à manger, me promettant de l'encadrer pour que je puisse l'accrocher dans ma chambre.

Un instant, je reste debout, à côté du fauteuil dans lequel elle est assise en tailleur dans une longue robe ample qu'elle a achetée par correspondance et qu'elle ne porte que le dimanche.

Comme un tiers du pays ce jour de la semaine, elle regarde une suite d'émissions enregistrées et servies comme les plats d'un interminable menu lors d'une réunion de famille. Dans un théâtre parisien, des parents installés dans des fauteuils au tissu ocre gloussent et frappent dans leurs mains chaque fois que l'animateur, sur la scène aux couleurs pastel, répète le lapsus ou la révélation sans intérêt de l'enfant venu balbutier une des chansons de l'invité – qui est déjà venu il y a trois mois et reviendra dans quatre. L'enfant dit qu'il veut se marier avec Mireille Mathieu : rires et applaudissements. Que son père gendarme boit beaucoup de vin : rires et applaudissements. Que ses parents ne l'emmènent jamais en vacances : rires et applaudissements. Qu'il habite dans une ville qui n'a pas de nom : rires et applaudissements. Pendant des heures, jusqu'à l'indigestion.

Le dimanche, rien n'est plus déprimant que les émissions de télé du dimanche. Je m'apprête à remonter dans ma chambre quand je croise mon père en bas des escaliers. Je me plains de ne pas savoir quoi faire. Il répond

Moi aussi je suis pas coiffeur.

J'étouffe un rire et gonfle les joues, je ne trouve pas son jeu de mots très drôle.

C'est pas un blague, juste je dis moi aussi je suis pas coiffeur, j'ai pas le peigne, j'ai pas le ciseau.

Je lâche un sourire car, dans le fond, son imagination très singulière m'attendrit, sa capacité à créer des figures expressives dans un français approximatif, ça me ramollit le cœur.

Il me propose de le suivre dans la cuisine. Je m'assois à ses côtés. Il prépare une cassette dans le magnétophone auquel il a branché un micro qui disparaît dans sa grande main quand il l'empoigne. Il me dit Moi je chante, toi tu fais le bendir. Il me montre comment secouer le tambourin à clochettes pour l'accompagner à des moments précis. Il commence à chanter en arabe. Je saisis quelques mots comme benti, goulti ou jbel et, évidemment, tous les mots que la colonisation a influencés tels que Francia, musiqa, immigri, faliza, miseria, carta. Je devine, à ses yeux qu'il ferme de temps à autre, à la tonalité de sa voix, aux notes qui viennent du fond de sa gorge, aux voyelles qu'il étire à en perdre le souffle, qu'il parle de l'Algérie, de son village, de sa famille, de sa culture, de tout ce que la guerre l'a contraint à laisser loin derrière lui. Mon ennui soudain se noie dans ses paroles mélancoliques. Je n'écoute plus que sa nostalgie, cette émotion pathologique qui raconte la douleur de ne pas pouvoir retrouver son foyer. Son chant jaillit, comme l'eau de la source, du plus profond de son être. C'est un chant aux accents lyriques, poétiques, politiques. Un chant à pleurer. Je retiens mes larmes et me concentre sur le tambourin que je secoue et frappe à un rythme régulier.

11

Arnaud, Sophie, Loïc et moi nous rassemblons sur le terrain central, hésitant à entamer une partie de cache-cache. C'est un jour d'hiver froid, sinistre. De longs nuages électriques chevauchent le ciel sombre et pommelé. Comme s'il n'y avait plus de soleil pour personne. À défaut de pouvoir prendre une décision commune, on observe les grands réunis par grappes dans le lotissement.

Bertrand s'adosse au portail que ses parents ont remplacé récemment. Sa mère tire le rideau de la fenêtre du salon et lui signifie, en balayant l'index, de ne pas s'appuyer contre les vantaux en PVC. Elle tient délicatement dans les mains un bouton d'or fait en papier crépon. Jeanine Douillard fait partie de l'association de quartier depuis qu'elle et son mari, recruté au centre de tri de la poste, se sont installés dans leur maison, en 1978. Elle en est la vice-présidente depuis peu mais n'a pas renoncé pour autant à travailler avec les bénévoles qui fabriquent les chars fleuris qui défileront en mai prochain dans toute la ville. Nous avons tous hâte de découvrir celui de notre quartier. Jeanine Douillard ne peut rien dire. Quand on la questionne, elle ne cache pas sa fierté de devoir garder ce petit secret avec les membres de l'association uniquement.

Elle fixe Bertrand, attend qu'il se redresse et aille s'asseoir sur le trottoir pour fermer le rideau. David, sortant de chez lui, traverse le terrain central du lotissement et le rejoint. Nathalie suit David. Alignés sur la bordure, ils discutent. Bertrand évoque le projet de garage automobile qu'il voudrait ouvrir avec son frère Bruno. David le soutient, lui propose même ses services. Il s'y connaît en deux-roues motorisés, il pourrait en être le spécialiste au sein du garage des deux frères et Nathalie occuperait le poste de secrétaire.

Je préférerais que ça reste une petite affaire familiale, dit Bertrand.

Et moi avoir mon propre salon de coiffure, ajoute Nathalie.

David, comme pour signifier qu'il n'est pas vexé, propose de rouler des cigarettes pour tout le monde.

Thierry vient s'asseoir sur le capot de la Simca garée sur le parking, à une trentaine de mètres de la maison de Bertrand Douillard. Mickaël et Jalil se tiennent debout, les deux mains dans leurs poches de blouson, un pied sur le pare-chocs. Thierry fait remarquer à Mickaël que c'est étrange, pour un objecteur de conscience, de porter des rangers.

Ouais, c'est plutôt des chaussures de bidasse, dit Jalil.

C'est un type qui les a balancées avec un sac de vieux vêtements à Emmaüs la semaine dernière. Comme elles sont pas abîmées, je les ai achetées plutôt que les exposer au magasin. Vingt balles !

Pas cher pour du vrai cuir, concède Jalil.

Puis c'est solide et t'as pas froid, ajoute Mickaël.

Il n'empêche que ça reste des shoes de militaire, insiste Thierry.

C'est le principe du contre-emploi : tu récupères un objet associé à une catégorie sociale et tu le détournes. Si je porte des randjos alors que je suis objecteur de conscience, je pète le symbole militaire. Je fais d'un objet de guerre un objet pacifique. Tu vois ?

Pas faux, avoue Thierry.

Mick, il se prend pour Duchamp, lance Jalil.

Pour qui ? demande Thierry.

Le mec qu'a transformé un urinoir en fontaine, répond Mickaël en riant.

Et son rire explose subitement quand Jalil évoque l'artiste italien qui remplit des boîtes de conserve avec ses excréments. Le grand corps de Thierry, hilare, rebondit sur le capot de la Simca. Des rictus défigurent le visage rond et lisse de Jalil, dont les ricanements s'apparentent à des gloussements aigus. On dirait un chant d'oiseau. Les trois garçons rient et la puissance sonore de leur joie fait apparaître un rai de soleil dans le ciel d'orage.

Depuis la cour des Vignaud, Linda les regarde. Carine souffle qu'elle louche sur Thierry. Linda conteste, en râlant. Chacune arrêtée sur sa position, elles échangent des bribes en guise d'arguments jusqu'à ce que Linda balbutie qu'elle ne s'autorise aucune relation à Fontayne. Éviter l'amour pour avoir le choix de partir. Loin. Un jour.

Se maquer, c'est des coups à crever ici et moi je veux absolument me barrer après mon bac.

Carine prend un air triste, parce qu'elle verrait bien Linda en couple avec Thierry et qu'elle redoute de perdre son amie à la fin de l'année scolaire. Puis elle déteste voir Nathalie dans les bras de David, assis en face d'elles.

Sur le carré en herbe, Géraldine a plongé sa tête dans l'écharpe à franges de Lionel. En relevant la tête, des larmes, aussi grosses que sincères, trempent son visage. Elle reproche à Lionel de la larguer juste avant qu'elle embauche à la boucherie. Lui ne voit pas de bon moment pour ce genre d'annonce. Maintenant ou ce soir ou demain matin, qu'est-ce ça change ?

Ou jamais ! crie Géraldine. Et si on ne se quittait jamais ?

Je suis tout embrouillé ces temps-ci, je dois faire le point avec mon patron d'apprentissage et après je verrai si je peux m'engager.

Mais les deux n'ont rien à voir ! T'en as pas marre d'être con avec moi ?

En partant, Géraldine menace de casser la tirelire dans laquelle elle épargne pour le séjour en amoureux au camping de La Faute-sur-Mer.

Le gitan le gitan, soudain, surgit dans une 205 grise dont la carrosserie est enfoncée par endroits. Tenant le volant d'une main, il effectue un tour du lotissement, fait déraper la voiture après chaque accélération. Il monte sur le terrain central et rejoint Thierry sur le parking. Tout le monde est tétanisé. Après que le gitan est sorti de sa voiture, Sophie, Loïc, Arnaud et moi, guidés par la prudence et la peur, décidons de rentrer chez nous. De toute façon, le ciel à nouveau s'est couvert. Le gitan rit comme un voyou quand Thierry lui dit qu'il est malade de conduire sans permis.

Oui, vaudrait mieux apprendre, ce serait moins risqué, lance Jalil.

Clairement, gadjo ! Tu vas tuer un gosse, prévient Mickaël, sur un ton qui cherche à couper le ricanement du gitan.

T'inquiète ! Je maîtrise ! D'façon je rends la caisse à

la casse ce soir. J'ai pu l'emprunter que pour l'aprèm, pour voir ce qui va pas. Je vais la tester sur la route de Niort.

Fais gaffe ! Va pas provoquer un carton sur la nationale, s'inquiète Thierry.

T'inquiète, gamin ! Allez, je me nachave.

Les garçons restent interdits en voyant le gitan effectuer une marche arrière tout en regardant devant lui. Thierry, Jalil et Mickaël le saluent mollement de la main et soufflent, l'air désolé, quand la 205 disparaît dans le virage. En face d'eux, David et Bertrand ont fixé le gitan dans sa voiture avec, dans leurs yeux, une forme d'admiration, une envie d'être un instant à la place du chauffard, cet homme sans permis sans prénom, dont on ne sait rien, pas même s'il est réellement un gitan. Ils voudraient ressentir ce que c'est que d'exister en homme libre qui roule sans connaître sa destination.

Après un moment de calme, une voiture de police entre lentement dans le lotissement. Les essuie-glaces balaient le pare-brise au travers duquel on ne voit pas clairement le visage des deux hommes dans l'habitacle. Thierry soupçonne Roger Couillaud de les avoir appelés. Mickaël dit que c'est le genre du père Douillard. Ça pourrait être n'importe qui du lotissement. Comme ça pourrait être le hasard.

À cette période, à Fontayne, les policiers font des rondes, embarquent parfois un jeune remarqué dans une bagarre ou qui fume un joint. Ils roulent dans leur voiture de fonction en regardant autour d'eux, ne s'arrêtent que pour discuter avec les habitants. Ils constatent des vols d'autoradios, des dégradations dans l'espace public, des infractions au code de la route, tentent de résoudre des problèmes de couple ou de voisinage, des litiges opposant les clients qui signent des chèques en blanc à la fin du mois aux commerçants fâchés, assistent aux mises en bière. Les grands ne détestent pas les policiers mais préfèrent les jours où ils ne les voient pas tourner en rond dans le lotissement. Certains parents sont assez proches des agents. Ils se respectent mutuellement parce qu'ils emploient le même niveau de langue, parce que les seconds ne se sentent pas supérieurs aux premiers. Les policiers ont une relation plus cordiale encore avec ceux qui ont connu ou fait la guerre.

La voiture bleu et blanc effectue un deuxième tour du lotissement. Mon père prépare son camion avant de se rendre à une fête communale à Petosse. Je l'ai rejoint, je l'aide à couper des carrés de sopalin en deux – donner de plus petites serviettes aux clients permet d'économiser le papier. Depuis l'arrière du camion, mon père salue les policiers. Ils connaissent son statut de harki, le respectent. Ils lui sourient. Ils font un troisième tour puis s'arrêtent derrière le Saviem. Mon père, à l'intérieur, les invite d'un mouvement de la tête. Les bottes des deux hommes claquent contre le marchepied quand ils grimpent dans le camion.

Casse pas la marchandise, s'écrie mon père.

Ils rient puis il ouvre une bouteille de rosé, prend deux petits verres transparents qui sèchent sur les clous. Il verse le vin, à ras bord. Par un lent clignement de paupières, le sous-brigadier fait comprendre au jeune gardien de la paix hésitant qu'il peut boire.

Il demande à mon père comment se portent les affaires, lequel explique que c'est toujours plus compliqué l'hiver, le commerce. Le jeune agent, le corps enfoui dans un blouson ample, se tient entre les deux hommes, qui abordent les problèmes, essentiellement économiques, des habitants : la très probable fermeture de l'usine, la lenteur administrative pour obtenir un emplacement commercial, l'augmentation du prix de l'essence, les réticences des banques à accorder un crédit ou un découvert, le chômage, le RMI tout juste voté à l'unanimité et les revenus qui ne suffisent plus à régler les charges sociales, fiscales, immobilières...

Le gardien de la paix pose sa main au-dessus de son verre quand mon père s'approche avec la bouteille de vin inclinée. Le sous-brigadier accepte le deuxième service puis se lance dans un exposé détaillé du travail des policiers. Les conditions sont de plus en plus difficiles et absurdes, selon lui. Il évoque les créations de micro-services renommés chaque année, les contrôles administratifs qui visent à évaluer le rendement des actions auprès de la population, les ordres prescrits par une autorité lointaine et invisible, la promesse de primes qui jamais ne viennent... Il parle, on ne l'arrête plus.

Le jeune agent trouve étrange qu'un policier formule autant de plaintes quand son métier est de les recueillir. C'est qu'il n'a pas connu les débuts de carrière de son collègue, qui a vécu la dévalorisation progressive de la profession jusqu'à se considérer aujourd'hui comme un prolétaire de la fonction publique, censé savoir tout réparer avec des outils abîmés. Il écoute les regrets du sous-brigadier, ignorant que le métier sera de plus en plus pénible. Il se le rappellera peut-être, dans quinze ans, quand le commissariat de Fontayne sera abandonné par le ministère de l'Intérieur, laissant les locaux se dégrader et les effectifs couler. Les syndicats de police et les habitants solidaires ne pourront rien. Il fermera définitivement en 2005. Face au bâtiment désert, la Vendée continuera de s'écouler, tranquillement, indifféremment. Puis, un jour de 2020, un concessionnaire rachètera les locaux pour y vendre des voitures de luxe, exposées derrière d'immenses vitrines aux armatures en métal noir, garées sur un sol carrelé, toujours propre, décoré de plantes artificielles jurant avec les nénuphars flottant, silencieux et rêveurs, à la surface de la rivière.

12

Un homme a été retrouvé mort dans le centre de Fontayne. Toute la ville, notre lotissement y compris, ne parle que de ça. Les versions se chevauchent, se contredisent, alimentent des fantasmes de faits divers sordides. L'identité de l'homme est inconnue mais tous les Fontaynesiens le connaissent depuis qu'il est décédé. Carine et Nathalie prétendent que leur mère l'a aidé à remplir un dossier d'admission à l'hôpital, il y a longtemps. Arnaud a entendu son père le décrire : cheveux noirs, visage rond, yeux noisette, un gars avec une tête sympa. Selon David, l'homme était alcoolique, marié. Il le croisait souvent dans les rues de la ville, titubant au bras d'une femme âgée, peut-être sa maîtresse. Martine Michaud raconte qu'il est passé une fois au supermarché, à sa caisse. Loïc dit que sa mère lui a parlé longuement, un jour, au magasin. Lionel, lui, rapporte que sa mère le connaissait en tant que client régulier. Géraldine à son tour reprend l'idée que la mère de Lionel le connaissait très très très bien. Thierry et ses parents cherchent à se remémorer les noms du voisinage de l'homme disparu. Ils tentent de reconstituer son identité, sans succès. Mes parents disent qu'il faut laisser les morts tranquilles. Sophie ne veut pas en entendre parler, ses parents évitent le sujet en sa présence. Bertrand affirme savoir de qui il s'agit puisque c'est un collègue de son père qui distribue le courrier dans le secteur du disparu. Mickaël répète que le type lui dit quelque chose.

Les jours suivants, on peut lire dans la presse locale que l'homme, la trentaine, célibataire, était un Fontaynesien d'adoption, installé depuis quelques mois seulement dans un appartement en location, à l'ouest de la ville. On l'a trouvé mort, chez lui, dans la baignoire, vide et sèche. L'homme était habillé et chaussé. L'enquête doit révéler si la victime a été portée jusqu'à la baignoire ou si elle s'y est installée elle-même. Plusieurs pistes sont actuellement à l'étude : coma lié à une consommation excessive d'alcool? empoisonnement? arrêt cardiaque? Les services de la préfecture sont en possession de pièces à conviction qu'ils ne sont pas en mesure de divulguer. L'enquête suit son cours. Le journal promet de nous tenir informés. Nous n'en saurons jamais plus.

Durant cette période – les bavardages continuent dans le lotissement –, j'ai du mal à dormir. Quand il est l'heure de monter dans ma chambre et que je me retrouve seule, dans mon lit, j'ai peur. Je croise mes jambes, et je serre les poings pour ne pas trembler. J'ai peur qu'au matin mon père ne soit découvert mort dans la maison. Pour me rassurer, je me le représente physiquement. C'est un homme vigoureux, de grande taille, à l'allure assurée. Il a un beau sourire, des yeux noirs et le regard tendre, de longues mains larges et dures. Quand il marche, son torse bombé et son déhanché lui donnent une allure de cow-boy. Mon père est fort, il ne peut pas mourir. Je me répète cette phrase, elle me réconforte.

J'en suis d'autant plus certaine qu'il a traversé des épreuves extrêmement dures et qu'il y a survécu. Il grandit dans la plaine, entouré d'animaux et de végétaux. Un environnement dont il semble avoir tiré une énergie incroyable. Il ne voit jamais de médecin de toute son enfance, il se rétablit toujours de ses blessures et des infections. La seule fois où il doit être soigné, c'est dans un hôpital militaire, en mai 62. Il me racontera, en 2010, pourquoi. Alors qu'il arpente la montagne avec son régiment, il voit des soldats pendus à des arbres. La vision le rend malade. Son bataillon le dépose à l'hôpital et repart sans lui. Après la guerre, il doit quitter l'Algérie, seul et sans l'aide de l'armée française. Il erre en France, sans en connaître la langue ni la géographie, ne sachant même pas lire les noms des villes qui s'affichent dans les halls de gare ou sur les pancartes d'autoroute. Il accepte les pires emplois, dort dehors, trouve parfois refuge dans des foyers qui n'offrent aucune sécurité.

Mon père fait ensuite trois rencontres importantes dont il me parle, très tôt, comme d'un signe du destin. Le mektoub. Il travaille comme maçon quand il rencontre un homme bon et généreux, un homme rare, qui loge des ouvriers immigrés en difficulté, chez lui, à La Roche-sur-Yon. Il se prénomme Jean, mon père l'appelle monsieur Jean. Il vit seul depuis son divorce. Il l'aide à faire venir ma mère en France et à obtenir un appartement dans la ville. Mon père raconte qu'elle a mangé un pain entier à son arrivée, elle n'avait rien avalé entre Aïn Tolba et La Roche-sur-Yon. Puis monsieur Jean les aide à obtenir notre maison. Il constitue avec eux le dossier d'accession à la propriété auprès de la mairie. Avant leur départ, il leur offre son alliance en or au prétexte que lui n'en a plus besoin. Une manière de leur souhaiter beaucoup de bonheur et de marquer leurs retrouvailles après leur séparation forcée par la guerre.

À son arrivée à Fontayne, il rencontre un militaire à la retraite. Il s'appelle monsieur Thomas. C'est son vrai nom, pas son prénom. Ils ne se connaissent pas, se rapprochent, un jour, par hasard, au café. Lui aussi a participé à la guerre en Algérie. Il était sergent. Mon père lui raconte comment il a rejoint l'armée française et lui confie qu'il a, hélas, peu de documents pour prouver son engagement. Monsieur Thomas le soutient en le rapprochant du président de l'association d'anciens combattants de Fontayne. Ce dernier écrit régulièrement pour mon père aux services des Armées. Il parvient ainsi à faire reconnaître son statut de harki et à obtenir la nationalité française.

À dix ans, je n'ai pas encore tous les éléments de son histoire mais je sais déjà qu'il a survécu à bien des obstacles et des malheurs, sans jamais en pleurer. Puis, si la misère et la guerre ne l'ont pas tué, c'est qu'il ne mourra pas aujourd'hui. De toute façon, personne ne pourrait le tuer dans son sommeil car la nuit, il ne dort pas, il veille et rôde dans la maison. Je me le répète et c'est une évidence : papa est immortel. C'est une évidence et un secret que je garde précieusement dans mon poing serré. La nuit peut bien m'emporter maintenant.

13

Dans les années 80, du lundi au vendredi, il est toujours exactement 12 h 45 quand Christian Boulard sort en Solex. Son blouson gonfle sous l'effet du vent. Des pinces tiennent son pantalon au niveau des chevilles pour éviter que la chaîne ne graisse son bleu de travail – alors qu'on utilise des lubrifiants à l'usine. Christian Boulard se tient droit sur sa bécane, les pieds serrés dans ses chaussures de sécurité. Il pédale debout en jouant avec la poignée d'accélérateur pour s'élancer. L'échappement produit un son de pétard puis de la fumée. Boulard s'assied sur la selle et se laisse porter jusqu'à l'usine, à cinq kilomètres du lotissement. Il embauche toujours en Solex, laissant l'Opel Corsa au garage pour la protéger, sauf quand le temps ne le permet pas.

Michel Michaud non plus ne prend pas la voiture pour se rendre à l'usine. Il enfourche sa bicyclette. Un torrent tombé du ciel ne contraindrait pas le père de Loïc à sortir la BX. Sa voiture, il la garde pour les sorties nécessaires (les courses, les rendez-vous médicaux) et les jours heureux (les pique-niques dans la forêt de Mervent, les baignades au lac, les grandes vacances). Michel Michaud travaille de nuit, Christian Boulard de jour. Mais, à partir de 1998, cela ne fait plus aucune différence parce que, à La Fabrique de roulements, les jours comme les nuits s'assombrissent.

La Fabrique de roulements est inaugurée en novembre 1979. Deux cent cinquante ouvriers travaillent sur ce site immense. Une oasis dans le désert rural du sud de la Vendée. Le fabricant mondial de roulements à billes minuscules, en majorité destinés au secteur automobile, s'installe entre les champs de maïs et la départementale 148 dite « route de Niort », à quelques centaines de mètres du panneau sur lequel Fontayne est barré d'une large diagonale rouge. L'entreprise recrute davantage chaque année. Jusqu'en 1985, sept cents ouvriers de LFR sortent 300 000 roulements par jour. La cadence est rude mais elle garantit un emploi à durée indéterminée, un salaire correct, des horaires qui laissent du temps pour les loisirs. Personne ne s'en plaint. Les relations entre les anciens, les jeunes et les chefs sont bonnes.

En 1998, donc, les conditions de travail sont de plus en plus pénibles, les chefs sortent moins de leurs bureaux, l'ambiance entre les ouvriers salariés en CDI et les nouveaux intérimaires se dégrade et les représentants syndicaux peinent à se faire entendre. On sent à LFR qui compte désormais près de huit cents salariés, comme chez Peugeot à Mulhouse et à Sochaux et dans d'autres domaines d'industrie, que quelque chose se prépare. Comme une toile suspendue au plafond de l'usine, prête à être lâchée sur les têtes des ouvriers réglés sur les chaînes de production. La crainte d'être pris dans la toile est dans tous les esprits. On laisse d'abord s'installer cette peur en ne répondant à rien ni à personne. Quand les ouvriers soupçonnent des suppressions d'emplois, on leur répond Plan-de-sauvegarde. Ils craignent la précarité, on leur dit Protection-des-salariés. Ils dénoncent un démantèlement, on leur susurre Restructuration. Ils crient à l'injustice, on leur jure Nécessité !

Christian Boulard préfère ne pas en parler avec sa femme Véronique, qui l'interroge souvent. Il répond que le syndicat s'en occupe, qu'il y aura des actions si l'on touche à un centième du temps de travail d'un collègue. Mickaël attend que son père soit à l'usine pour échanger avec sa mère. Il vaut mieux que la famille se prépare au pire, à l'enchaînement catastrophique : licenciement égale baisse de salaire égale crédits impayés égale plus de maison ni de voiture ni de courses alimentaires ni vacances ni rien. La situation est d'autant plus cynique que, à l'origine, un poste à LFR offre l'enchaînement sans faille : contrat de travail égale accès aux crédits égale propriété privée égale voiture et loisirs et retraite assurée et tout.

Mickaël promet à sa mère de les aider. Il leur reversera une part de son allocation d'objecteur d'à peine cinq cents francs, s'il le faut. Il fera tout pour qu'ils n'aient pas à renoncer à passer leurs vieux jours dans cette maison comme ils l'ont prévu. Michel Michaud, lui, tente de rassurer sa femme Martine et son fils Lionel, en annonçant qu'il acceptera le dispositif-de-préretraite. Il n'emploie pas le terme licenciement. Michel pense à Loïc, son petit qu'il verrait bien faire des études.

À la fin des années 90, la production de La Fabrique de roulements baisse d'environ quinze pour cent. On négocie d'abord le départ des salariés les plus âgés. Michel Michaud, qui a commencé à travailler à l'âge de vingt ans à l'usine et n'a connu que cela, en fait partie. Il a cinquante-sept ans et voudrait faire les trois dernières années qui le séparent de la retraite à La Fabrique, pour garantir le montant initial de sa pension et les protections sociales incluses dans son contrat. On lui fait comprendre que c'est un mauvais calcul : il y aura d'autres licenciements, lesquels ne seront pas des dispositifs-de-préretraite et rester, c'est prendre le risque d'être moins indemnisé. On le laisse réfléchir. Il hésite encore. On lui rappelle que l'offre ne sera pas renouvelée. Son âge ne lui permettra pas d'être employé ailleurs s'il attend le prochain tour et on peut tout à fait lui attribuer un poste de jour, lequel supprimera les avantages du groupe de nuit auquel il appartient depuis plus de vingt ans. On s'approche de plus en plus près de lui pour murmurer ce qu'il a à perdre. On le regarde de moins en moins tranquillement. Michel doute, se convainc, cède finalement.

En 2006, lors d'une assemblée, un cadre nouvellement recruté informe les ouvriers des nouvelles pertes de l'entreprise. Le porte-documents qu'il serre sous son aisselle probablement épilée est rempli de mots troubles et tranchants. Il annonce un plan-de-sauvegarde-de-l'emploi. Un plan qui écrase plus de deux cents salariés. Malgré une grève d'une dizaine de jours en octobre, ils étouffent et doivent quitter l'usine le mois suivant. Le cadre au visage émacié se fait discret quelque temps. À son retour, cheveux colorés et teint luisant, il annonce Le-site-n'est-pas-assez-compétitif, nous proposons donc un plan-de-départs-volontaires. Qui veut partir volontairement ? Personne ? Deux cents postes sont supprimés. Il a prévenu qu'il fallait être volontaire.

Au début de l'année 2009, le cadre est muté dans une autre usine française. Son successeur est invité à finir le travail, comme on le commanderait à un tueur à gages. Il a un an pour fermer La Fabrique de roulements, définitivement. La production est arrêtée une semaine, les ouvriers mis au chômage technique. À la reprise, une centaine de salariés sont licenciés. Il en reste trois cents, dont Christian Boulard.

Il signe à La Fabrique de roulements en 1982, après une période de chômage, conséquence de la faillite de la boucherie familiale ouverte à Bressuire. Il déménage à Fontayne pour être embauché à l'usine. Vingt-sept ans qu'il vend sa force de travail, qu'il est fidèle à l'entreprise, acceptant les heures supplémentaires, parfois décalées le week-end, et le voilà menacé de ne pas pouvoir valider la quinzaine de trimestres qu'il lui reste pour percevoir une retraite décente. Ils sont une centaine dans son cas. Les autres, plus jeunes, désespèrent de trouver un contrat de travail à Fontayne ou aux alentours s'ils sont licenciés. Ils apprennent que plus d'un milliard de dividendes sont reversés aux actionnaires suite aux cinq cents millions de bénéfices engendrés par l'entreprise internationale. Ils contribuent à cette prospérité, ils n'acceptent pas la précarité qu'on leur impose en retour.

Une grève commence à la fin de l'automne 2009. Aux portes de l'usine, deux tiers des trois cent cinquante ouvriers répètent chaque jour Nos familles ne mangeront pas des billes. La direction réplique que le site tourne très bien sans eux, preuve que la production est faible. L'entreprise est en faillite, il faut supprimer des postes. Paie-t-on les gens à ne rien faire ?

Il ne s'agit pas d'une faillite mais d'un licenciement économique collectif pour réduire les coûts, répondent les grévistes. La réduction des commandes est du seul fait de la direction.

Enfin, les enfants, vous vous entendez ? Ce n'est pas raisonnable. Au lieu de chipoter, mieux vaudrait accepter les indemnités proposées. Trente mille euros pour quarante ans d'ancienneté et trente-six mois de congés de reclassement. La direction saura même se montrer plus généreuse si la grève cesse.

Nous y mettrons fin si nous percevons quatre-vingt mille euros et quarante mois de congés.

Dans vos rêves ! Que négocieront les prochains sur la liste des licenciements dans les autres usines s'ils apprennent qu'on cède aux demandes de l'usine de Fontayne ? Pour la peine, l'indemnité concernant les congés de reclassement est abaissée à dix-huit mois.

La somme réclamée par les grévistes n'a pas à voir avec l'avarice, de même que les décisions de la direction n'ont à voir avec une quelconque pingrerie. Le conflit est un rapport de force entre le patron et le salarié. Boulard, Michaud et tous les autres n'ignorent pas qu'ils produisent plus que ce que leur rapportent leurs salaires. Ils acceptent le rapport de domination parce qu'il leur assure un statut économique et social.

En fermant et en licenciant, l'entreprise contracte une dette financière et morale. Elle doit payer le prix du mépris.

L'hiver vient, les grévistes s'installent sur le site, déploient tentes et abris de fortune. Ils campent jour et nuit, imitant le cycle de production qu'ils assurent, pour certains, depuis l'ouverture de l'usine en 1979. Le nouveau cadre tremble. Il est pris de maux de tête. Chaque jour, ses tempes se gonflent et les massages du bout du majeur et de l'index dans son bureau – coudes posés sur le plateau en verre, jambes relâchées, tête baissée et yeux fermés – ne le soulagent pas. Il fait appel à un huissier. Les deux hommes en costume, visages fraîchement rasés et imprégnés de lotion apaisante de la valeur d'un salaire ouvrier mensuel à temps partiel, se rendent sur le campement. Les talonnettes de leurs souliers cirés plantées dans la terre, ils informent du tarif : à partir de maintenant, chaque heure passée ici s'élève à cinq cents euros par gréviste. Ils facturent les grévistes comme un prêtre baptise un enfant. Cette parole performative les enorgueillit, apaise le mal de tête. C'est une menace ? demande un représentant syndical. C'est la loi, répond le cadre. L'huissier acquiesce. C'est une menace, comme toujours la loi du dominant. Les hommes dégradés en marchandises décident de résister.

La semaine suivante, le cadre ordonne de sortir les machines démontées par les travailleurs qui n'ont pas suivi la grève ou l'ont quittée, trop affaiblis financièrement. L'usine vidée, les grévistes n'ont plus rien à protéger. Les ouvriers privés de leur outil de travail plient les tentes. On leur demande de venir pointer chaque jour, comme ils le font depuis plusieurs années s'ils veulent percevoir leur salaire. L'usine a désormais l'allure d'un hangar abandonné. Après qu'ils ont pointé, ils se dispersent, acculés à des tâches inutiles. Ça dure plusieurs mois.

Quelques jours plus tard, une séance publique se tient au conseil général de La Roche-sur-Yon. Les salariés se sont fait porter grévistes pour y assister. Ils sont une centaine à se réunir sur le parvis de l'administration. Un homme négocie de pouvoir entrer dans la salle de réunion. Il est chauve. Sur son crâne, il a écrit *Licencié par des bandits*. Michaud sort un feutre noir pour corriger : *LicenciéS par des bandits*. Les ouvriers de La Fabrique portent des tenues légères, bermudas et polos à manches courtes, pantalons en lin et débardeurs fleuris. Le soleil perce les nuages mousseux et éclaire les pancartes des grévistes, dont les revendications sont soutenues par les piaulements des moineaux perchés sur les branches et les corniches. C'est le printemps, les arbres fleurissent, les bois se feuillent, les prés verdissent, les oiseaux dans leur latin avec douceur chantent au matin, et toute chose s'enflamme de joie. C'est le printemps, il est permis d'espérer que l'usine de Fontayne à nouveau reverdisse.

Les agents de sécurité autorisent l'accès à cent cinquante grévistes dans la salle du conseil général. Les élus et les habitants présents applaudissent avant de laisser s'exprimer le représentant syndical. C'est leur dernière chance de sauver l'usine, leur travail, leur vie. L'homme rappelle les dettes financières et morales de l'entreprise envers les salariés. Les élus, mains croisées, yeux grands ouverts, hochent la tête de haut en bas, pour signifier leur soutien. L'un d'eux évoque avec emphase un drame humain, une catastrophe pour le département et la commune, un patron délinquant, un gouvernement lâche. Il est membre du PS. Il invite tout le monde à se rendre à Fontayne samedi pour défiler avec les salariés qui organisent une manifestation. Un autre maire de Vendée, adhérent à l'UMP, d'une voix ridiculement autoritaire propre aux gens de droite, rappelle que la taxe professionnelle d'une entreprise comme La Fabrique de roulements couvre un tiers de cet impôt perçu par la ville. Si les maires successifs, quel que soit leur parti politique, maintiennent l'offre du site à l'entreprise, c'est parce qu'elle s'est engagée à y rester à vie. Il n'est pas question de laisser faire. Pas question, répète-t-il pour être convaincant.

Le jour de la manifestation, personne n'a jamais vu

autant de monde dans notre ville – à part lors de la Fête des Fleurs. Les ouvriers sont entourés de plus de deux mille personnes. Il y en a qui portent des écharpes tricolores, d'autres des fleurs aux pétales roses sur l'oreille. Il y a des pancartes et des chants. On croit à la lutte finale, que le passé enfin est englouti et le travail, sur les familles, bientôt étendra ses rameaux rouges de fruits. Salariés, habitants, élus de Fontayne et des villages alentour, partagent un intérêt commun et sincère mais ceux qui jouent leur vie sont bien les premiers sur la liste.

Après des simulacres de négociations et des parodies de soutien pour reclasser les ouvriers, la direction annonce la fermeture définitive de La Fabrique de roulements à Fontayne. À partir du 4 juin 2010, les hommes et les femmes de l'usine perdent définitivement leur statut d'ouvriers, statut social et moral garanti par leur outil de travail maintenant confisqué. On les humilie encore une fois en leur faisant savoir que la direction a proposé à certains d'entre eux de former la nouvelle main-d'œuvre au fonctionnement des machines de Fontayne remontées dans une usine en Bulgarie.

Le jour de la fermeture, les salariés se présentent en bleu de travail. Ils passent la haute grille de l'usine regroupés en un convoi funèbre. Ils creusent un trou dans lequel ils jettent leur bleu de travail taché et usé, des billes, des outils, les restes d'une machine démembrée. Michaud est de ceux qui mettent le feu avec des palettes de bois. Boulard est dans le groupe qui coule du béton. Puis tous se retrouvent pour apposer la plaque

LA FABRIQUE DE ROULEMENTS 1970-2010

Ce n'est ni outrancier ni théâtral, c'est très sérieusement qu'ils enterrent une part de leur vie sur un lieu désormais pollué par les fuites des cuves de lubrifiants, sur lequel la ville ne peut plus installer d'autres activités industrielles au risque d'aggraver l'état des nappes, toutes proches de champs de blé et de tournesol. Après quelques années d'inoccupation, la ville cède deux petites parcelles : l'une à une entreprise de trois salariés qui gardent des archives et l'autre à une société de quinze personnes qui traitent des déchets industriels en carton, papier et plastique.

Les trois cents anciens salariés de La Fabrique de roulements se dispersent, se perdent dans les méandres d'un combat contre le travail précaire. Quelques-uns, dont Michaud mais pas Souchard, continuent de se défendre aux Prud'hommes de La Roche-sur-Yon. La décision définitive du tribunal reconnaît la nullité des licenciements, oblige l'entreprise à verser cinq millions d'euros à une centaine de salariés. Ils réclamaient le triple.

Dans ces derniers moments de lutte ouvrière, les cadres, physique similaire et mission identique, sont placés à tour de rôle dans d'autres fabriques où ils reproduisent les mêmes promesses au début, les mêmes violences à la fin. Ainsi l'histoire se répète à Usinor à Thionville, Bosch à Rodez et à Vénissieux, Sacilor à Hagondange, Peugeot à Poissy, Air France à Roissy, Metaleurop à Noyelles-Godault, ArcelorMittal à Florange, Whirlpool et Goodyear à Amiens, Ford à Blanquefort, Alcatel à Querqueville, Moulinex à Alençon, Cellatex à Givet, Danone à Calais, Baxter à Montargis, 3M à Pithiviers, ville où l'on m'attribue mon premier poste de professeure de français en 2008. Cette année-là, l'usine annonce supprimer 110 postes sur 235. Pendant quarante-huit heures, les salariés retiennent le directeur dans son bureau pour négocier indemnités de départ, primes de transfert et congés de mobilité. Parmi eux, certains parents de mes élèves âgés de onze à quatorze ans. Les journaux parlent de séquestration du directeur, j'ai devant moi une enfance prise en otage.

14

Ma mère intègre parfois des mots du patois vendéen dans ses phrases. Elle m'envoie chercher le ramasse-bourrier. Elle nous demande de sortir pour passer la since. Elle peut même proposer une phrase en trois langues. Qu'est-ce que tu vas faire ce tantôt, benti ? Mon père aussi utilise des mots comme veugne, ratia, ève. Quand Jalil, Linda et moi employons des mots vendéens, c'est pour nous en moquer. Jalil lance Non de diou, qué que c'est que çô ? en arrondissant le dos pour imiter le corps fatigué du paysan. Linda fait semblant de boire du vin et propose Tô veux une goulée ? Un bout de baguette sous le bras, je réponds Bédame voui !

Pour rire, aussi, on s'insulte avec l'accent vendéen. Jalil dit Qué que tô veux, sale crouille ? Linda répond Y commencent à me chauffer, les ratons ! Je crie La ferme, les bicots ! La vie est plutôt tranquille à Fontayne mais on a déjà entendu de loin ou reçu en plein visage des insultes racistes et pas seulement de la part des Couillaud. Mon père est apprécié, les gens le trouvent drôle, aimable et solidaire. Cela n'empêche pas de voir se poser sur lui des regards malveillants au supermarché, d'entendre des remarques sur ses cheveux épais frisés, son teint mat, son accent arabe et de devoir répondre à des questions qui commencent par Est-ce que, chez vous… ? Ils ignorent que nous n'avons pas d'autre chez-nous que cette maison à Fontayne. Pour se venger de ce racisme ordinaire, mon père imagine des rituels arabes. Les gens s'étonnent. Mon père se retient de rire. Est-ce que, chez vous, vous mangez avec des couverts ? Eh non, madame, on sert avec les mains et on pose sur nos pieds. C'est pas vrai ? Je te jure, madame ! Le langage est une arme et un jeu.

Pour s'amuser, Sophie invente une langue secrète, la langue de FE. Elle dit qu'elle a une méthode simple pour l'apprendre. Même les acteurs l'utilisent, précise-t-elle en dénouant sa tresse. Elle glisse l'élastique à cheveux comme un bracelet à son poignet puis tousse pour dégager sa gorge avant d'énoncer distinctement Un fasseur foit favoir fasser fans fon fien. À son tour, Arnaud essaie de traduire le virelangue en langue de FE. Il bute sur les mots chasseur, chasser et chien. Loïc reprend la phrase, la débite rapidement. Il prend un air fier pour dire à Arnaud que c'est pas compliqué.

Irrité, Arnaud veut arrêter car ça le rend dingue. Je dis Oh ! Fon !

Je regarde Géraldine et Lionel assis sur le banc en béton, froid et humide. Enfouis dans des manteaux qui recouvrent leurs mains, ils ressemblent à un couple de pingouins. Géraldine a la tête sur l'épaule de Lionel. Ils flottent, silencieux, dans une atmosphère mêlée d'ennui et d'amour, entourés par les maisons habillées de lumières vives et clignotantes à l'approche des fêtes de Noël. Derrière chaque fenêtre, nous distinguons les décorations, souvent sobres, installées dans les salons. Depuis le centre du lotissement, cela donne l'impression de baigner dans un monde changé, un jardin clos, secret, abandonné à la douceur et au repos. Si nous ne croyons plus au Père Noël qui descend par nos cheminées d'où s'échappent les effluves du fioul qui sert à chauffer les logements, nous attendons avec impatience le cadeau que nous avons choisi, après une longue réflexion, dans les catalogues déposés dans les boîtes aux lettres. Loïc a demandé une visionneuse de diapositives portative. Arnaud, le bateau garde-côte Playmobil. Moi, un walkman. Sophie, un Jump Jumper et la boîte de jeux Dessinons la mode. Elle en a choisi deux car elle fête également son anniversaire à cette période de l'année. Loïc évoque les bûches pâtissières pleines de crème. On enchaîne sur les menus dont on se régalera. À quelques mètres, Thierry et

Mickaël discutent dans la Simca. Ils baignent dans la brume de leurs cigarettes, qui envahit l'habitacle. Quand Thierry baisse sa fenêtre en balayant la fumée de la main comme pour l'évacuer plus vite, on entend de la musique. Loïc chante

Fociété Fociété Fu f'auras fas!

Jalil rejoint Thierry et Mickaël, un ballon au pied. Il râle quand la balle dévie de la trajectoire. Il visait Thierry qui cite Platini, son idole, avant de courir derrière la balle. Tout est dans le contrôle! Le ballon traverse la route et finit par rebondir contre la portière de la 309 rouge de Roger Couillaud. Depuis son poste d'observation, la fenêtre de son salon, l'homme voit la scène. Il sort immédiatement. Il marche en boitant jusqu'à sa voiture, observe la carrosserie. Il caresse le bas de caisse pour s'assurer qu'il n'y a pas d'impact. Thierry, ballon dans les mains, le regarde. Il murmure une excuse que Couillaud n'a peut-être pas entendue et c'est ce que cherche Thierry, que l'autre ne reçoive pas le mot « désolé » entièrement et distinctement, que l'adresse ait la forme du regret sans être exprimée, parce que cet homme, pense-t-il, ne le mérite pas.

Il rejoint Jalil en s'étonnant que Roger Couillaud ne s'énerve pas contre lui, contre Jalil, contre le ballon, contre le vent qui souffle ce jour-là et emporte des poignées de sable qui salissent les voitures. Au moment où Jalil réceptionne la balle, l'homme lance T'avise pas de recommencer, sale Viet ! Puis il rentre chez lui par la porte du garage. Sourcils froncés et yeux mi-clos, il continue d'observer les grands s'échanger le ballon.

Couillaud a le crâne chauve et le corps raide. Il est en colère contre tout le monde tout le temps. Il ne supporte pas la prétention qu'on lui sert aux guichets administratifs. Les fonctionnaires sont à ses yeux des feignasses et des profiteurs du système public. Les professions indépendantes, des prétentieux inutiles surpayés. Les politiques, tous des cons. Des cons qui ne savent parler que de choses qu'ils ne font jamais. Il en a pour preuve la façon dont ils se sont comportés avec les militaires partis en Indochine.

Roger Couillaud part à Saigon volontairement, à dix-neuf ans. Ses parents vivent en région parisienne, ils l'ont mis à la porte parce qu'il ne ramène pas de salaire. L'aller depuis Marseille dure vingt-cinq jours, sans escale pour éviter les désertions. Il reste près d'un an en Indochine, de mai 53 à juin 54. Il y voit tout, fait beaucoup, subit excessivement : la population surveillée et affamée, la destruction de matériels, les nuits interminables à patrouiller, à ratisser les routes et d'autres choses qui ne se racontent pas. Au sein de son régiment, les hommes ressentent tous le même sentiment : ils sont là pour la France mais la

France ne veut pas entendre parler d'eux. Cette amertume les habite longtemps après la guerre. Ce qu'ils considèrent comme un engagement se révèle un sacrifice, un abandon, un mauvais sort. Couillaud revient en France sur *La Marseillaise*, un navire-hôpital. Il en descend sur un brancard en raison d'une blessure par balle à la jambe gauche. Il est légèrement boiteux, la position debout lui est pénible. Après son rétablissement, il rencontre Jacqueline. Elle a de la famille en Vendée. Ils choisissent de s'en rapprocher en s'installant à Fontayne, sans jamais repasser par la région parisienne.

Roger Couillaud reste près de dix ans sans emploi puis il trouve un poste adapté à son handicap de guerre à la cuisine centrale de la ville. Jacqueline ne travaille pas et son mari lui reproche souvent de n'avoir pas réussi l'éducation de leur fils alors qu'elle est une femme au foyer. Il travaille beaucoup, trop et pour rien selon lui : sa condition sociale n'évolue pas et il n'est même pas respecté. Sa rancœur lui rend la vie impossible. Il est tellement trauma, dit Thierry, qu'il confond les Vietnamiens et les Algériens. En effet, Couillaud est tellement traumatisé par la guerre que sa colère a perdu toute puissance, elle a pris la forme d'un dégoût, celui-là même qui a conduit l'armée défaite en Indochine à prendre une revanche en Algérie.

15

C'est toujours ma mère qui sort la première de la Renault 18 quand mes parents reviennent des courses. Elle fait signe à Jalil de nous rejoindre et d'aider mon père à porter les sacs les plus lourds. Pendant qu'ils font des allers-retours entre la maison et le coffre de la voiture, je suis ma mère comme un caneton jusque dans la cuisine où je range les provisions dans les meubles qui me sont accessibles. Quand j'ignore où déposer un paquet, ma mère me dit de le poser sur le potager, c'est comme ça qu'elle qualifie la partie de la cuisine aménagée située entre l'évier et les plaques de cuisson. Elle ignore qu'on nomme cet espace un plan de travail. Elle ignore tout autant qu'en l'appelant « potager », elle se rapproche davantage de la définition ancienne que l'on donne du mot dans le dictionnaire de l'Académie française : *Sorte de foyer eslevé, qui est pratiqué dans une cuisine pour y dresser les potages, pour les y faire mitonner, et pour faire chauffer les ragousts.*

J'enfonce ma main dans le grand sac de courses comme on tirerait une boule de loterie. J'en sors une boîte de Douflex. C'est à l'adolescence que je saurai qu'on appelle les bâtonnets contenus dans cette boîte des cotons-tiges. La confusion sémantique vient du fait que ma mère désigne certains objets par le nom de la marque et non par leur dénomination commune. Comme on les rangera dans la salle de bains, je pose les Douflex sur le potager. J'aide ma mère autant que je la gêne, je l'encombre en me tenant si près d'elle, presque enfouie dans les plis de sa robe.

Elle répète Quittoi ! Impératif de la forme ingénieusement contractée de « Quitte-toi », expression inventée par elle pour signifier de quitter l'endroit que l'on occupe parce que l'on dérange. Contrairement à la règle de conjugaison en français qui veut que l'impératif concerne trois personnes, la formule de ma mère n'existe qu'à la deuxième personne du singulier. Il serait donc incorrect de dire « Quittons-nous » ou « Quittez-vous ». À moins de l'employer dans un autre contexte. Il aurait alors un tout autre sens, exprimerait une séparation entre des individus, par exemple.

J'emploie l'expression encore aujourd'hui, en privé. Tous les souvenirs liés à la langue, empirique et métaphorique, simple et précise, boiteuse et rythmée, que parlait ma mère me procurent de la joie. Elle avait toujours le bon mot quand il s'agissait de nommer le réel.

Même dans le bureau de l'oncologue, ma mère, allongée dans un brancard surélevé, a employé les mots sans détour. Nous sommes assises à côté d'elle, silencieuses, inquiètes sans le montrer. Le médecin, en face de nous, détaille le programme de la chimiothérapie et les obstacles – l'emplacement et la taille de la tumeur, l'âge et l'état physique de maman – qui empêchent certains soins. Il parle avec une sincère gentillesse mais il abuse de litotes. Quand il a terminé, ma mère plante ses doux yeux noirs enfoncés dans son visage creusé dans ceux du médecin. Sa voix est claire, portée par son accent arabe qui s'est atténué avec les années. Elle demande

Je vais mourir ?

L'oncologue lève les sourcils. Il nous regarde, Linda et moi. Nous fermons nos bouches ébahies, nous pinçons les lèvres. Je sens mon cœur frapper dans ma poitrine en pensant au courage immense, plus immense que tous les bâtiments réunis ici pour sauver des vies, qu'il faut à ma mère pour poser frontalement cette question. Le médecin se lève, contourne le bureau et s'approche d'elle. Il prend sa main. Elle serre très fort la sienne. Il dit doucement

Le traitement pourra, peut-être, vous soulager mais il ne pourra pas vous guérir.

Je ne sais plus ce qu'elle répond, ni même si elle dit quelque chose.

La première séance du traitement prévue trois semaines après le rendez-vous n'a pas lieu. Le cancer, en quelques jours, envahit son corps avec une rage et une vitesse impétueuses. Comme un ciel d'orage menaçant depuis plusieurs mois, il s'abat désormais sur elle, furieux. Le dernier jour, une force inouïe lui vient pour m'attraper la main et me tirer vers elle. Elle m'embrasse, longuement, très fort. C'est un baiser violent comme la mort, généreux comme l'amour. Un baiser comme je ne savais même pas qu'il était possible d'en donner, d'en transmettre. Nous sommes, à cet instant où nous tremblons de peur et de tristesse que nous tentons d'étouffer sous notre tendresse, dans une chambre d'un service mêlant, pour des raisons économiques, rééducation physique pour personnes âgées et soins palliatifs, installé dans l'ancien hôpital de Fontayne. Le nouvel hôpital construit il y a quinze ans se trouve un peu plus loin, à côté du lycée. Les services y sont rudimentaires, le personnel et l'argent public manquent, les urgences ferment de 17 heures à 8 heures. Dans les vieux bâtiments de l'ancien couvent qui accueillait la maternité où je suis née, maman est morte.

16

Ce matin, le temps est encore frais et doux. Le ciel est dégagé, forme une voûte bleu clair presque transparente qui tend vers le rose orangé à la tombée du soleil. Dans les arbres, les feuilles sortent de leurs bourgeons en même temps et enluminent le lotissement. Le sable du terrain central prend une couleur mordorée. Avec Sophie, nous jouons, accroupies, le dos voûté. À la manière des orpailleuses, nous faisons glisser entre nos doigts une poignée de grains fins et brillants.

Après le déjeuner, il pleut. Je demande l'autorisation d'utiliser le Socotel pour appeler chez Sophie. Je lui propose de venir à la maison ce tantôt. Je guette son arrivée depuis la fenêtre de ma chambre. Au moment où elle pousse notre portail, je descends les escaliers à toute vitesse. Mon père est déjà devant la porte et l'accueille. Elle dit Bonjour m'sieur Benali. Il dit Bonjour So-phie. Toujours cette façon de détacher les syllabes comme pour soigner la prononciation. À côté du corps imposant de mon père, Sophie paraît minuscule. Elle avance, de petites perles d'humidité brillantes roulent sur ses cheveux. Elle a apporté des journaux qui sont intacts car elle les a glissés sous sa veste en nylon enduit. Elle dépose son vêtement et ses chaussures mouillés dans le garage et nous nous installons dans la salle à manger.

Elle observe un instant les portraits sur l'étagère du grand meuble en bois clair, posés juste au-dessus des vingt-quatre volumes rouges de l'encyclopédie *Tout l'univers*, que je consulte pour enrichir mes exposés. Elle demande qui sont les personnes sur les photos. Je ne sais pas quoi répondre. Pour détourner son attention de ces images, je l'incite à ajouter des bandes multicolores sur sa feuille. On découpe des morceaux de journaux et de magazines pour créer des collages originaux. Sophie a rapporté des numéros de *Ouest-France* et de *Top 50 magazine*. De mon côté, j'ai sorti de vieux *Télé 7 Jours* et un *Pif Gadget*. Ma mère m'a autorisée à utiliser un exemplaire de Daxon qui périt dans un tiroir de la cuisine.

Deux fois par an, elle commande des robes, des sous-vêtements et du linge de maison dans ce catalogue spécialisé dans la vente par correspondance. En couverture, c'est toujours une femme. Elle a les cheveux coupés court, porte de grosses boucles d'oreilles à clips, est plutôt mince bien que le catalogue propose des tailles du 38 au 60. La dame affiche toujours un sourire assuré, incarne une certaine définition de l'indépendance féminine : une femme libre est une femme qui consomme en VPC. En couverture et à l'intérieur du magazine, les mannequins ont tous la peau blanche comme du lait. Il nous semble d'ailleurs qu'il s'agit moins de mannequins que de gens ordinaires. Cet homme moustachu avec un slip haut et large, ça pourrait être M. Souchard. Cette femme dans une robe-tablier, ça pourrait être Jocelyne Vignaud. Ces enfants vêtus de sous-pulls, ça pourrait être nous, à cette différence près qu'aucun d'eux n'a ma peau hâlée ni de cheveux épais et bouclés comme les miens.

Sophie réunit un tas d'objets qui caractérisent la prospérité matérielle des années 80, qui viennent de s'achever. Elle taille des yeux dans tous les papiers : des yeux d'actrices, d'animateurs, de chanteurs, de mannequins, d'anonymes, ceux de Pif le chien aussi. Puis elle colle ses pièces sur une feuille blanche cartonnée. Peu à peu, une maison à l'architecture éclatée apparaît. L'habitat est rond, composé d'une porte horizontale et d'une seule fenêtre centrale dans laquelle Sophie insère la photo d'un film – Campana regardant François Perrin s'enfoncer dans des sables mouvants. Dans sa maison aux murs colorés : des yeux, partout. Autour : de l'électroménager, des meubles, des objets de décoration. Un escalier perce le toit et rejoint un lave-vaisselle. Considérant sa création achevée, elle signe Soph. M. puis elle regrette de n'avoir pas choisi un pseudonyme. Je crois que tous les artistes en ont un, dit-elle.

Elle pose ses yeux sur mon collage et, dans le chaos des formes assemblées, distingue un visage. Un visage comme un masque : une petite cuillère figure la bouche, un balai représente le nez, les lettres O indiquent la place des yeux. Elle ne voit pas d'oreilles, fait remarquer que la coulure de colle sous l'œil droit inspire une larme. Au niveau du front, la mosaïque de confettis colorés compose une masse flasque. Sophie y reconnaît un cerveau qui donne à voir les multiples connexions entre les neurones.

Ce portrait abstrait n'est à mes yeux pas si différent des photographies posées sur le haut meuble en bois de la salle à manger. J'en sais peu sur les membres de notre famille demeurés en Algérie. Pour dresser une généalogie familiale dans le cas d'un exil d'après-guerre, il faut non seulement déterrer les racines mais aussi ramasser les branches cassées avant de procéder à la reconstitution de l'arbre. Pas facile de creuser une terre lointaine, dure comme de la roche, et de rechercher les branches envolées entre deux pays. Tellement cabossé est le chemin qui remonte à nos sources.

Je ne sais rien de cette femme âgée portant un voile

blanc et de grosses lunettes noires, qui louche légèrement et qui me semble si fragile. Je ne sais rien de cette femme en robe à fleurs qui marche joyeusement aux côtés de ma mère et de mon père. Je ne sais rien de ce jeune homme aux cheveux mi-longs et souples, au visage fin, aux yeux noirs profonds, dont le portrait en noir et blanc rappelle la copie d'une gravure tant on distingue de reliefs. Je ne sais rien de ces femmes et de cet homme car chaque fois que je pose la question, la réponse est différente selon que je m'adresse à mes parents, à Linda ou à Jalil. Je ne sais pas si la vieille dame fragile est ma grand-mère ou une arrière-grand-mère, maternelle ou paternelle, une tante ou une grand-tante. La femme souriante à la robe fleurie, posant entre mes parents dans une rue de Beaucaire ou peut-être de Nîmes, pourrait être une cousine ou l'épouse d'un oncle ou celle d'un cousin ou d'un ami d'un cousin. Enfant, j'ai accueilli le réel découpé en fragments chaotiques et j'ai passé le reste de ma vie à tenter de lui restituer sa structure originelle.

Une vingtaine d'années plus tard, j'identifie enfin le jeune homme au portrait plus délicat qu'une gravure. Mon grand-père maternel. Je l'apprends un jour que je découvre ce même portrait en version miniature dans un album photos enfoui dans le même meuble de la salle à manger. J'ose cette fois-là demander C'est qui ? Ma mère me le présente, en trois phrases que je n'ai jamais oubliées. Mon père. Il est mort. J'avais pas quinze ans. Trois phrases scandées comme des vers de tragédie, sans hésitation, sans accent, sans émotion presque, sinon celle du vide vertigineux creusé par le temps. Je ne peux plus regarder cette photo autrement qu'en l'associant au malheur de ma mère, à son enfance blessée.

Dans la maison, il y a un autre portrait, celui d'un homme que je connais mieux que tous les autres membres de ma famille. Encadré et accroché dans l'entrée, en bas de l'escalier, on le croise chaque fois qu'on monte à l'étage. L'homme est vieux. Il a des lèvres fines et un regard mystérieux, le front dégagé et des cheveux très fins ramenés en arrière pour cacher un début de calvitie. L'expression de son visage dégage une forme de sagesse qui inspire la confiance. Il est apprécié du chanteur Renaud et ça me le rend sympathique puisque Thierry écoute *Mistral gagnant* dans la Simca. À la télévision, il est représenté par une marionnette de batracien, qui étale sa mégalomanie au comptoir d'un bistrot. Il a récemment été réélu président de la République. Mon père, comme des millions d'autres Français, l'appelle « Tonton ».

Je crois alors à ce en quoi mon père croit. Je crois en une France socialiste. En la liberté, l'égalité, la fraternité. Au bleu, au blanc, au rouge. La politique, c'est fait pour être heureux. Paix, emploi, liberté. Solidarité avec les immigrés. Vers une nouvelle terre de justice, de progrès, de paix. La France unie, etc., j'y crois. Les années passant, en lisant des travaux de recherche, des articles de journaux concernant la guerre d'Algérie, les livres de Jacques de Bollardière et d'autres témoignages, j'y crois de moins en moins. Ou plutôt je crois de moins en moins les socialistes qui portent les idées auxquelles je reste attachée. Je ne les crois plus du tout, plus jamais, lorsque, votant pour la gauche en 2012, j'assiste à une politique attaquant toujours plus nos systèmes éducatif, social et sanitaire. Je ne devrais pas m'en étonner. Ça fait plus de quinze ans que le cadre de Mitterrand dans la maison chancelle au bout de la pointe qui le porte. Il tombe en 2002. Brisé, défiguré, disparu. Impossible de le retenir dans sa chute.

17

Pour les dix ans d'Arnaud, Mireille Souchard cuisine un gâteau au chocolat. On délaisse nos assiettes et la table d'opération du Docteur Maboul pour suivre *La Roue de la fortune*. Assis mollement sur le canapé, Arnaud, Loïc, Sophie et moi trempons nos doigts dans la poudre sucrée des bonbons acides, collée au fond des bols. Nous sommes comme hypnotisés par le générique, lequel figure une roue multicolore tournant à si grande vitesse qu'elle en devient floue. Le présentateur est acclamé par un public invisible. Il annonce l'entrée d'une femme, une hôtesse, dont le rôle est de présenter les cadeaux et de tourner des cubes lumineux affichant des lettres. Un voyage, une voiture Peugeot et une vitrine – avec des bijoux, des appareils électroménagers, des jouets... – estimée à plus de trois cent mille francs.

Les trois candidats sourient, comme drogués face à cet amoncellement de choses que seul le hasard leur permettra d'acquérir. Trente minutes durant, ils tournent la roue en croisant les doigts pour éviter les cases Banqueroute et Passe, en priant le ciel au-dessus de la tour de TF1 de tomber sur les cases Bonus ou Relance. Quand ils ont accumulé assez d'argent virtuel, ils peuvent proposer des consonnes et, exceptionnellement, une ou deux voyelles, lesquelles aident à deviner une expression (TIRER DES PL-NS SUR L- COMÈTE), un lieu (LE THÉ-TRE G-LLO-ROM-IN DES BOUCH-UDS), un événement (LE PR-CÈS -E JEANNE -'ARC), un titre (RU- BLAS), une personne (SE-MA -AGER-OF) ou encore une chose utile (LE -ONDOIR). C'est un objet qui permet de récupérer les graisses animales dans les abattoirs, précise l'animateur avant de féliciter le candidat vainqueur. Ce dernier peut maintenant s'empiffrer de tout ce qui déborde de la vitrine. L'homme se tient la tête dans ses mains. Il répète qu'il n'y croit pas. Oui, c'est surprenant d'être un jour l'élu du capital qui vous exploite, pourrait dire l'animateur pour le soutenir. Il l'encourage plutôt à faire les bons choix dans la vitrine.

Le père d'Arnaud entre dans le salon, nous salue d'un geste vif. Ses mains épaisses sont marquées d'une poussière blanche indélébile dans les stries de sa peau, rappelant le béton dans lequel elles trempent. Il est né en Vendée en 1939 dans une famille d'agriculteurs. Il doit hériter de l'exploitation – une ferme composée d'une longère, d'une grange et d'une étable avec une trentaine de vaches et quelques bœufs. Il connaît bien les tâches que le métier exige, les applique sans se plaindre depuis l'enfance. Son père acquiert le premier tracteur en 1955, aménage la maison pour y faire venir l'eau courante en 1959. C'est à ce moment-là que le fils est appelé en Algérie. En son absence, le père croule sous le travail puis, à cause de l'augmentation des assurances, des impôts fonciers, du prix du matériel agricole, sous les dettes.

À son retour, le fils, malgré son abnégation et son espoir de rendre l'exploitation à nouveau rentable, s'épuise. Tout comme le père qui souffre du dos, devenu fragile à se briser s'il ne cesse pas de travailler immédiatement, selon son médecin. En 1970, ils sont contraints d'abandonner – c'est le terme quand une vente affiche un prix deux fois inférieur à celui de l'achat initial – la propriété. Ils l'abandonnent à une riche famille du nord de la Vendée qui cherche un lieu pour agrandir son exploitation. Les parents partent vivre dans une HLM en périphérie de La Roche-sur-Yon. Le fils s'installe dans un studio à Mouilleron, travaille dans une petite entreprise de plomberie. Il rencontre Mireille. Lorsqu'elle tombe enceinte, Roland cherche un emploi mieux payé et une maison pour sa famille. Il est embauché dans le BTP à

Fontayne et dès qu'il signe son contrat, il conclut un prêt pour un pavillon dans le lotissement.

Le candidat est entouré d'un si grand nombre d'objets qu'on ne distingue plus clairement son corps d'employé de bureau. Il nage dans un costume premier prix qu'il a acheté pour l'enregistrement de l'émission. M. Souchard pousse un soupir de dédain. Sophie se retourne, suggère qu'il pourrait s'inscrire. Loïc et moi approuvons mais le maçon balaie la proposition d'un revers de la main et, dans un rire discret, se moque du candidat. S'il avait vu la guerre, celui-là, il ne viendrait pas jouer l'idiot à la télé. Sa voix est grave, presque murmurée. Roland Souchard, l'Algérie, le conditionnel, ses allusions mystérieuses que personne n'est en mesure d'imaginer ni de comprendre, sa façon de parler de la guerre sans jamais en parler franchement. Ce qui est déjà une manière d'en parler.

Ma mère aime regarder *La Roue de la fortune*. Elle dit qu'on apprend des choses grâce aux explications de l'animateur. Ce qu'est un fondoir, par exemple. Il y a aussi une forme de croyance en un système dont on éprouve la dureté au quotidien mais dont on se persuade, devant la télévision, qu'il ne peut pas être si détestable puisqu'il fait gagner les gens, c'est-à-dire des habitants modestes de la ville ou de la campagne, même s'ils prennent la lumière exceptionnellement pour ensuite retourner immédiatement à leur statut de gens, ce collectif anonyme.

Ma mère suit l'émission mais préfère *Le Juste Prix*. Ce programme-là est autrement plus dynamique ; son présentateur bien plus joyeux, plus aimable et plus proche des candidats que Christian Morin. Il est beau aussi, surtout quand son sourire lui creuse des fossettes dans les joues, explique-t-elle. En 1993, Patrick Roy meurt d'un cancer des os. Ma mère est bouleversée. Elle décide de faire un don à la Ligue contre le cancer. Elle s'y engage pendant près de vingt-cinq années, jusqu'à son décès, provoqué par un cancer foudroyant. Nous recevons encore le courrier de l'association à la maison. Je le déchire parfois avec rage, parfois avec douleur.

Le père d'Arnaud installe la table du dîner, il s'étonne faussement de ce drôle de monde où des personnes en regardent d'autres gagner des cadeaux inutiles. Sa femme réplique que ce n'est qu'un jeu, que, par définition, ça ne doit pas être pris au sérieux. Il marmonne que ce jeu-là est très sérieux, d'ailleurs il a un nom, le capitalisme, et ses règles sont dangereuses à ne profiter qu'à quelques-uns. Mireille range les bols vides, les gobelets écrasés et les assiettes en carton déformées, s'essuie régulièrement les mains sur le tablier qui recouvre sa robe fleurie, sans dire un mot. À la fin de l'émission, nous quittons la fête en embrassant Arnaud et remercions ses parents pour cette journée.

À la maison, ma mère prépare des mojettes de Vendée avec des merguez. Mon père bricole dans la buanderie. Je ne sais pas ce qu'il répare. Dans l'entrebâillement de la porte, je ne vois qu'un tournevis qui glisse à toute vitesse entre ses larges doigts. Je rejoins Linda au salon. Elle regarde le Top 50. Je me laisse tomber sur le canapé en velours marron. Je pose ma main sur mon ventre, repue de sucreries. Elle me sourit, m'enjoint de nous aimer vivants. Le single a perdu douze places en une semaine. Jalil justifie cette descente : c'est une chanson pour faire danser dans les maisons de retraite. Linda souffle que Jalil ne connaît rien à la poésie. Il demande à changer de chaîne parce qu'il y a quelque chose de plus important que le clip de la lambada lancé par l'animateur. Il s'approche du téléviseur, enfonce le deuxième bouton rectangulaire noir. Une femme d'une cinquantaine d'années demande

Tout le monde ? Tout le monde peut passer ? Mais, écoutez, j'ai mon mari de l'autre côté. On est séparés depuis deux ans à cause du mur, dit cette Allemande de l'Est, toute tremblante.

L'extrait ouvre le journal de 20 heures. Je partage l'émotion de cette Allemande. Je me demande si j'assisterai un jour aux retrouvailles entre mes parents et leur famille restée en Algérie.

Nos programmes, ce soir, sont bouleversés en raison de l'événement, prévient le journaliste. Nous programmons une soirée spéciale.

Linda rit du look des hommes coiffés en brosse ou d'une coupe mulet et des femmes en pantalons portant de grosses montures de lunettes. Jalil la reprend. Je le soutiens du regard. Le journaliste précise que près de quarante mille personnes ont passé le mur depuis la veille. Les Allemands de l'Est viennent à l'Ouest pour voir leurs proches, boire une bière, manger au restaurant. Ils passent le mur sous les applaudissements et les chants des Berlinois de l'Ouest. Certains se prennent dans les bras sans même se connaître. Jalil semble retenir son émotion.

J'imagine une libre circulation entre la France et l'Algérie, entre l'Algérie et la France. Des allers-retours effectués au-delà de tout soupçon. Des promenades dans les villages de mes parents. Des étreintes avec ma famille lointaine. Des balades dans les rues d'Alger, d'Oran ou de Sidi Bel Abbès et découvrir les librairies, les musées, assister à une pièce de théâtre ou à un concert. Imaginer accéder à ce qui fait la beauté et la richesse d'un pays dont on me cache tout de peur d'en dévoiler les liens d'horreur qui l'unissent à la France. De peur de réveiller un passé de cauchemars épouvantables, on étouffe un futur fait de rêves de paix et de joie partagée.

Je suis nostalgique d'un pays que je ne connais pas. Ou plutôt d'un pays que je ne connais qu'au travers des silences et des récits percés de mes parents. J'ai dû déchiffrer les versions institutionnelles et leur sémantique qui détourne la réalité qu'elle recouvre – où on lit « événements ou entreprise de pacification » à la place de guerre, « corvée de bois » à la place d'exécution sommaire, « interrogatoires poussés » à la place de torture. Pour connaître ce pays, j'ai appris à lire dans les yeux de mon père, à lire entre les bribes que mes parents laissent tomber quand enfin ils cèdent à mes questions. Leurs confidences dessinent alors mon destin, paradoxal : raconter le pays inconnu et remonter à la source en suivant le chemin de l'exil, de Fontayne à Aïn Tolba.

18

Sous un soleil vif qui dore nos peaux, nous nous réunissons à l'entrée du lotissement. Tout le monde est là sauf Jocelyne Vignaud, de garde à l'hôpital, Denis Martineau qui accompagne les jeunes du foyer au défilé, mon père et Jalil qui sont partis avec le camion dans la plaine, où arrivent les chars et où sont installés tous les stands et buvettes des différents quartiers. Christian Boulard travaille à La Fabrique ce jour de Pentecôte, il n'a pas osé réclamer un repos qui pourrait précipiter son licenciement.

Des agents municipaux passent à vélo ou à mobylette pour inspecter une dernière fois l'état de la route. Arnaud est monté sur les épaules de son père qui tient la main fuselée de sa femme dans la sienne, épaisse et musclée. À leur droite, ma mère, assise sur un tabouret orange. Ses cheveux fins et souples dépassent d'un joli chapeau de paille enrubannée. Je me tiens debout, derrière elle, avec Carine et Linda. La première donne des coups de coude à la seconde pour lui signifier que Thierry approche, entouré de Mickaël et Véronique Boulard. Tous les trois de grande taille, ils peuvent voir le défilé, même avec nous devant eux, même avec Carine qui ne cesse de gesticuler en rêvant de voir sa copine trébucher et tomber dans les bras de Thierry. Il est canon avec ses lunettes de soleil rectangulaires et sa veste en jean, avoue Linda. À côté de ma mère, Sylvia Martineau, installée sur une chaise pliante, Sophie sur les genoux. À leur droite, Loïc est assis sur le bord du trottoir, entre ses parents. Tout proches d'eux, Roger et Jacqueline Couillaud grignotent des chips, leurs corps mous enfoncés dans des chaises de camping jaune fluorescent. Derrière eux, debout, David enlace Nathalie tout en discutant avec Bertrand. Quelques secondes, il tourne la tête en direction de Thierry en se rappelant qu'il ne lui a toujours pas envoyé l'addition. Thierry l'ignore mais pas Carine qui lui lance un regard plein d'exaspération en voyant sa sœur vissée à lui, en se répétant intérieurement à quel point elle le trouve laid, ce David, avec son corps disproportionné, le tronc plus étroit que les jambes, le buste penchant vers l'avant, les pieds tournés vers l'intérieur et la main gauche toujours glissée dans la poche arrière de son jean. À deux mètres environ des Couillaud, les Douillard discutent avec les Boissinot. Dans leur dos, Lionel pose, d'un geste délicat, sa casquette noire bombée sur les cheveux blonds de Géraldine. Ils s'embrassent.

Au loin, les notes des trompettes se mêlent au timbre d'un tuba auquel se joignent coups de cymbales, douces clochettes de xylophones, sons percutants de caisses claires et mélodies d'accordéons. Les instruments s'effacent parfois sous les grésillements de grandes enceintes qui crachent des chansons populaires. Nous attendons, joyeux et impatients, le passage des chars décorés de fleurs en crépon faites à la main par des habitants et des habitantes de Fontayne, comme Jeanine Douillard.

La Fête des Fleurs a lieu les années paires. La ville est alors divisée en cinq quartiers. Chacun présente un char sur lequel une vicomtesse et sa demoiselle d'honneur saluent, d'une main molle, la foule enthousiaste, environ vingt mille personnes. Le défilé a lieu depuis plus d'un siècle. Il n'a été suspendu que pendant la Seconde Guerre mondiale, période où une autre sorte de chars arpentaient nos routes, conduits par des types en costumes sombres dégainant salut autoritaire et cri de ralliement à chaque rencontre. La Fête des Fleurs est un jour particulier, aussi important que Noël. Chacun est libre de chanter, de danser, de sauter, de se déguiser, de circuler à pied partout dans la ville. On mange des crêpes, des mojettes, des sandwichs américains, on boit des sodas, du blanc, du rouge, du rosé limé, à n'importe quel moment de la journée et de la nuit. Le défilé a également lieu le soir mais son trajet est limité à la rue de Verdun et s'achève près de la plaine. Là, s'ouvre le grand bal. On danse, inlassablement, sur un parquet épais et brillant, sous les étoiles.

Il est presque 16 heures quand la fanfare municipale approche. Les musiciens s'avancent d'un pas ferme, réglé sur la cadence d'*Auprès de ma blonde*. Géraldine blottit sa tête dans le cou de Lionel. Arnaud lève les bras en l'air. Sophie quitte les genoux de sa mère, je la rejoins pour danser au bord de la route. Loïc s'approche de nous en jouant du clairon invisible. Assis ou debout, tout le monde se laisse porter par la musique dont le volume a interrompu les conversations. Un premier char, qui représente le quartier des Loges, suit la fanfare. Le tracteur qui le fait avancer est conduit par un homme dont seule la tête dépasse de la structure figurant un champ de boutons d'or en crépon dans lequel s'égaillent des moineaux, eux aussi fabriqués en papier gaufré. Assises en amazone sur des vélos abondamment fleuris, la vicomtesse et la demoiselle d'honneur, dans de longues robes bouffantes et brillantes, saluent la foule et sourient d'un air faussement gêné quand des copines crient leurs prénoms. Michel Michaud, aussi, crie André ! quand il reconnaît le conducteur du char, qui s'exclame en riant Oh ! Michaud ! Cômment vô ?

Des vendeurs déguisés en personnages de dessin animé déambulent derrière le char. Sophie montre du doigt Tigrou. Sa mère remet une pièce au félin en même temps qu'il donne un ballon brillant gonflé à l'hélium à Sophie. Sylvia accroche la ficelle du ballon à un des bracelets de sa fille pour qu'il ne s'envole pas. Puis une dizaine de couples vêtus de costumes rouge et noir avancent en dansant le madison. Gérard et Annie Boissinot imitent le pas sur le trottoir. Thierry regarde ses parents avec tendresse. Véronique Boulard, dressée sur la pointe des pieds, la main posée comme une visière contre son front luisant, annonce le prochain char en jurant qu'il est merveilleusement réussi. On découvre alors le char du quartier du Puits, un impressionnant drakkar de Vikings, fait uniquement de fleurs. Il semble glisser vers nous. Mickaël le surnomme « la Bête ». Il applaudit les deux filles couronnées et coiffées comme des mariées, assises sur des plaques rondes recouvertes de crépon gris imitant des boucliers. L'une d'elles croise son regard. Un instant, le cœur de Mickaël bat plus fort. En décélérant, il lui semble qu'il s'est réglé naturellement, comme un métronome, sur la mélodie de *Pour un flirt*, jouée par l'orchestre du Bocage qui suit le navire scandinave.

Derrière les musiciens paradent les majorettes, du Bocage elles aussi, dans des justaucorps à paillettes blanches et vertes. Un vendeur de confettis est assis dans une charrette tirée par un âne du Poitou. Je lui tends ma pièce, contre laquelle il me propose de piocher un sachet dans son grand panier en osier. Je retrouve ma mère. Je jette une poignée de confettis. Une pluie multicolore tombe sur elle, comme dans un numéro de magie. Elle sourit, ouvre sa main pour que j'y dépose quelques confettis. Elle les lance, sans vigueur, sans élan, quasiment face à elle. Un léger vent les pousse vers l'est, dans les cheveux de Sylvia Martineau, qui s'en amuse. Le char du quartier du Centre s'avance en sursautant puis le tracteur cale à quelques mètres de nous. Le chauffeur tente de le redémarrer, l'orchestre du Bocage s'éloigne sur les notes de *Champs-Élysées* et les majorettes suivent, alignées sur deux rangs, marchant comme des militaires dans leurs bottines blanches brillantes, bras tendus vers le ciel, le bâton roulant entre leurs doigts, en direction du rond-point de l'Ouillette.

Le char du Centre redémarre et le décor tout entier fait de fleurs en papier – un écran de cinéma sur lequel apparaît la silhouette de Charlie Chaplin – s'illumine. La vicomtesse et sa demoiselle d'honneur, cheveux bruns rassemblés en un chignon haut percé d'une épingle en forme de palme d'or, nous saluent assises sur des sièges rouges molletonnés. Thierry et Mickaël applaudissent à leur passage, crient qu'ils sont les héros du film de leur vie. Linda rit puis se tourne vers Carine. Elles sautillent sur les premières notes du tube qui sort de la sono du club de danse de Fontayne. Elles improvisent une chorégraphie pop, elles s'imaginent éblouies par les stroboscopes, elles dansent le jerk.

Annie Boissinot pointe son index en direction de l'est, prévient que notre char arrive. Lionel et Géraldine montent sur la pointe de leurs pieds et confirment. David et Nathalie se rapprochent du bord du trottoir, Roger et Jacqueline Couillaud se lèvent de leurs chaises pliantes. Véronique Boulard, Mickaël, Thierry, Sophie et sa mère, Carine, Linda et moi avançons vers la route, serrés les uns contre les autres. Thierry a le nez au-dessus des longs cheveux bruns de Linda, qui dégagent encore l'odeur de son shampoing au monoï. Elle peut sentir son souffle dans son cou et ça la paralyse. Elle ne bouge qu'au moment où, tous ensemble, nous applaudissons les maisons en forme de champignon en papier, bâties sur un parterre de fleurs artificielles vertes et jaunes. La vicomtesse et la demoiselle d'honneur, vêtues d'un pantalon blanc et d'une chemise bleu clair, allongées sur un banc en bois, envoient des baisers en soufflant dans la paume de leur main. Lionel en attrape un ; Géraldine retire sa casquette pour lui mettre un coup sur la tête. Nous scandons le prénom de Mme Douillard pour la féliciter, impressionnés par ce travail de fabrication qui a duré deux ans. Nous aimons l'idée d'avoir associé nos maisons à l'architecture schtroumphesque. Avec Sophie, on compare certains parents du lotissement aux personnages bleus : Roland Souchard est le Schtroumph Costaud, Jocelyne Vignaud la Schtroumphette, Roger Couillaud le Schtroumph Grognon.

Nos applaudissements peu à peu se confondent avec l'accordéon amplifié qui guide des danseurs et des danseuses dont la moyenne d'âge dépasse la soixantaine. En habits de folklore vendéen, ils avancent en couples, en trottinant, alternant un pas de polka en arrière et un autre en avant suivi d'un léger sursaut. Leur danse est lente, quasiment statique, mais empreinte d'une forme de légèreté. Sophie et moi les observons, avant de les imiter. Serge invite sa femme Jeanine à danser la maraîchine. Ennuyé par la démonstration, Mickaël réclame un riff de guitare électrique. On rit.

Le dernier char apparaît, celui de la ville de Fontayne. Contrairement aux chars des quartiers, il est occupé par une seule jeune fille qui porte le titre de comtesse. Elle se tient droite dans une longue robe rose de satin qu'elle a ramenée sur ses genoux. On voit ses pieds aux ongles soigneusement vernis dans ses sandales. Ses cheveux châtains flottent sous l'effet du vent léger. Elle est assise sur la voûte de la fontaine des Quatre-Tias, au-dessus des licornes qui s'abreuvent. La structure tout en métal est recouverte de fleurs en papier beige, comme la couleur de la pierre qui abrite la véritable source. Sur les marches de la fontaine, des enfants tournent une ombrelle entre leurs doigts. Leurs parents marchent à côté du char, les encouragent à saluer la foule. Nous sommes émerveillés et émus par la reproduction de cette fontaine dont nous savons qu'elle a permis d'organiser la vie ici. Sans elle, nos maisons-champignons n'auraient pas pu être construites. Sans elle, pas de rêves, pas de paix. Sans elle, pas de voix ni de souffle, pas de chants ni d'images, pas de désir ni de doute.

Nous regardons la source s'éloigner. Nous attendons qu'elle s'efface dans le virage, au bout de la rue, avant de nous disperser. Dans un élan vif et joyeux, nous rentrons dans nos maisons pour dîner tôt puis revêtir nos habits de fête et assister au défilé nocturne prévu dans le centre de la ville. Nous danserons toute la nuit, au milieu des buvettes, sous une lune blanche éclairant la plaine.

La fête des chars est un jour imperméable aux malheurs, aux déceptions, aux peines de nos existences. C'est un jour où s'annulent les frontières entre les parents, les grands et les petits car nous jouons tous sérieusement le même jeu. Nos vies sont suspendues à ce moment présent. Même quand nous aurons quitté nos parents et leur maison, nous reviendrons tous à Fontayne, au moins une fois, à la Pentecôte. On ne se réunira plus à l'entrée du lotissement, chacun vivra sa journée séparément. À un moment de la fête, on se croisera dans la foule en remontant la rue principale ou en faisant la queue à la buvette. On se saluera timidement, parce que le temps nous aura éloignés. Mais on lira clairement dans nos regards et sur nos lèvres qu'on est revenus à Fontayne, ce jour-là précisément, retrouver notre enfance perdue.

19

À la fin de l'année de CM2, nous remercions le directeur et les institutrices. Ils nous préviennent qu'au collège, tout sera différent, il n'y aura plus de maîtresse par-ci maîtresse par-là, nous devrons nous débrouiller seuls. Ils parlent en enflant la voix, semblent nostalgiques d'une enfance qui ne nous semble pourtant pas encore finie, sont inquiets à l'idée qu'alors nous ne la retrouvions jamais. Nous les écoutons, à peine troublés. Je ne peux pas savoir que mon enfance s'achèvera définitivement dans moins d'une heure.

Je quitte la classe déguisée en Harpagon, dont j'ai joué le monologue pour la fête de l'école. J'ai beaucoup travaillé pour obtenir le rôle, répétant la tirade dans le garage et regardant plusieurs fois le film avec Louis de Funès, dont on a la VHS. Je tiens ma collerette tuyautée en papier blanc dans la main. Je porte une robe de chambre noire. Des clés en carton pendent au lacet qui m'enserre la taille. Le costume est superficiel mais très fonctionnel pour souligner le ridicule du personnage, homme sénile au style désuet. Sur l'estrade posée dans la cour, l'habit m'a permis d'oublier ma personne pour jouer sans retenue le barbon atteint d'avarice. Sur mes épaules, mon cartable trop léger oscille à chacun de mes pas. À l'intérieur, rien d'autre qu'une trousse et le cahier dans lequel, la veille, l'institutrice m'a félicitée et accordé le passage en sixième.

Il fait beau. La chaleur, sans être étouffante, imprègne l'atmosphère. L'été allonge les jours donc notre temps de jeu au centre du lotissement. Je rentre, le pas pressé, la tirade de *L'Avare* toujours en mémoire, pour prendre le goûter que m'aura préparé ma mère. Le plus souvent des tartines beurrées avec de la confiture ou du cacao en poudre. Parfois de la brioche qu'elle a cuisinée l'après-midi. Je ne me souviens pas de ce que je mange ce jour-là. Peut-être une brioche tressée tout juste sortie du four. L'odeur de la levure, le sucre fondant sur la pâte croustillante, la mie moelleuse et filante. Je dépose mon cartable sur une chaise de la cuisine mais ne pense pas à retirer mon costume. Je me sers un verre de lait, ou peut-être de jus d'orange. Je saisis une brioche dans le grand plat creux rempli de pâtisseries. Je traverse la buanderie pour aller dans le jardin. En sortant de la pièce, je me prends le pied dans le paillasson. C'est ainsi que je quitte l'enfance pour le monde adulte, en trébuchant.

Je vacille sans lâcher mon gâteau ni renverser mon verre. Je retrouve l'équilibre sur le sol bétonné qui jouxte la pelouse du jardin. Quand je me redresse, je découvre mon père, accroupi, adossé contre le four à pain, un chapeau de paille couvrant ses cheveux frisés, la tête baissée.

Il a mis son uniforme. Un ensemble vert olive composé d'un pantalon treillis et d'une veste à quatre poches sur laquelle il a bouclé un gros ceinturon. Il a quitté ce vêtement il y a trente ans et je ne savais pas qu'il l'avait emporté. Pourquoi l'enfile-t-il ce jour-là? *Mon esprit est troublé, et j'ignore où je suis, qui je suis, et ce que je fais.* Il est devant moi, enveloppé dans sa tenue froissée, le regard fixant la terre. Je crois qu'il ne m'a pas vue.

Je ne raconterai jamais à mon père ce que cela m'a fait de le voir dans cette tenue, cette posture. *J'ai perdu mon support, ma consolation, ma joie.* Il ignore que tout ce qu'il me racontera plus tard au sujet de la guerre, je le raccrocherai à ce souvenir. Pour percer les pensées qui le traversent ce jour-là. *Que ferai-je pour le trouver?*

J'ai quinze ans, je l'imagine faire la sentinelle dans le jbel. Acceptant de prendre le poste de surveillance même lorsque ce n'est pas son tour, pour gagner un peu d'argent en remplaçant celui qui préfère dormir au lieu de grelotter dans la nuit froide. Des heures durant, il monte la garde avec pour ordre de prévenir la troupe dès qu'il aperçoit le moindre suspect, le moindre trouble, la moindre menace, la moindre anomalie. J'associe cette sémantique de la paranoïa à ses insomnies. Dans la maison, il passe toutes ses nuits rôdant au rez-de-chaussée, fumant des cigarettes ou écoutant la radio, attendant le jour pour déjeuner puis s'allonger dans le canapé du salon, un bonnet couvrant ses yeux qui ne veulent pas se fermer.

J'ai vingt ans, je l'imagine découvrant des corps mutilés pendus aux arbres durant une marche dans la forêt. Après ça, il vomit jour et nuit. On le dépose à l'hôpital militaire où il est abandonné par son régiment. *Je suis perdu, je suis assassiné, on m'a coupé la gorge.* Cette hospitalisation marque son nom de manière indélébile dans les registres de l'armée, seule et unique trace dans les archives militaires qui permette de prouver son engagement dans l'armée française. *Justice, juste ciel.* Mon père obtient sa carte d'identité française parce qu'il a vu l'horreur de la guerre, l'horreur à en rendre ses tripes, parce qu'il a vu ce que l'homme peut faire à l'homme – opprimer, torturer, exécuter, abandonner le corps d'un autre, la terreur imprimée sur le visage.

J'ai vingt-cinq ans, je l'imagine recevant son paquetage, son fusil et sa tenue de combat après être entré dans la caserne pour signer un contrat – qu'il n'a pas pu lire, étant analphabète – et qui ne lui garantit ni matricule ni reconnaissance ni solidarité. Un engagement avec l'armée qu'il accepte pour éviter le chômage. Ça peut tenir à cela une décision pendant la guerre d'Algérie : pas à une idéologie, pas à un choix longuement réfléchi mais simplement à une urgence. L'urgence de se sortir de la pauvreté causée par la guerre ou celle de protéger ses proches par peur des exactions des camps quels qu'ils soient – *Allons vite, des potences et des bourreaux.* L'urgence due à l'épuisement physique et psychologique provoqué par les contingents français qui quadrillent les villages et réduisent les ressources matérielles pour faire plier les indécis.

Je me demande encore aujourd'hui si remettre son uniforme de l'armée française, ce déguisement tragique, n'est pas un moyen terriblement contradictoire de se rappeler l'Algérie, qu'il n'a pas vue depuis près de trente ans. Une mise en scène pour se remémorer la vie avant la guerre, retrouver mentalement son village et toute son enfance. Un lieu entouré de collines et de montagnes, toujours baigné de lumière, couvert d'un ciel bleu azur, qu'il parcourt à cheval, sans selle, le jour. La nuit, il écoute attentivement les feuilles des arbres qui frémissent sous l'effet du vent, les bêlements des chèvres et des moutons qui répondent aux cris du chacal résonnant depuis le jbel. Dans la plaine, il se promène parmi les vignes, les champs de fèves et de pommes de terre, il se repose à l'ombre des figuiers et des orangers, il se cache entre les oliviers et les abricotiers au lieu d'aller à l'école. Il remonte le cours d'eau fraîche et claire, s'arrête parfois pour s'y baigner. Puis il vient s'asseoir sur la berge, laisse sa peau sécher à l'air libre et chaud. Il contemple, dans une posture identique à celle qu'il prend dans le jardin, son reflet trouble ondulant à la surface irisée. Un instant de rêverie profonde, de vacance de l'esprit, fragile mais délicat, comme seule peut en procurer l'eau. Se mirant, il ne sait pas que son enfance, sa jeunesse à peine entamée seront prochainement happées par la guerre qui n'épargnera pas son village natal. Ce miroir, onirique et naturel à la fois, lui offre un moment de paix. Il ignore alors que cette eau s'enténèbre à mesure qu'on remonte à son origine : Aïn Tolba signifie « la source des fantômes ». Elle est le symbole de nos vies. D'une source à l'autre, les fantômes ne le quitteront pas. Ils le poursuivront dans son exil. Ils m'accompagneront toute mon enfance à Fontayne, et au-delà.

DE LA MÊME AUTRICE

Aux Éditions Gallimard

POULE D, collection « L'Arbalète », 2014.

DE MÉMOIRE, collection « L'Arbalète », 2019.

À LA MACHINE, collection « L'Arbalète », 2021.

Chez d'autres éditeurs

RIEN DE PLUS PRÉCIEUX QUE LE REPOS, roman, Hélium, 2011.

Récemment parus dans la même collection

Michèle Audin
Une vie brève
Cent vingt et un jours
Mademoiselle Haas
Comme une rivière bleue
Oublier Clémence
Josée Meunier, 19, rue des Juifs
Paris, boulevard Voltaire suivi de *Ponts*

Gaëlle Bantegnie
France 80
Voyage à Bayonne
Au pays d'Alice

Yamina Benahmed Daho
Poule D
De mémoire
À la machine

Didier Blonde
Carnet d'adresses de quelques personnages fictifs de la littérature

Patrice Blouin
Tino et Tina
Baltern
Zoo : clinique

Pascale Bouhénic
Boxing parade
Lorsqu'il fut de retour enfin
76 façons d'entrer

Camille Brunel
Vie imaginaire de Lautréamont

Thomas Clerc
Paris, musée du XXIe *siècle. Le dixième arrondissement*
L'homme qui tua Roland Barthes et autres nouvelles
Intérieur
Poeasy
Cave

Zoé Cosson
Aulus

Dante
Vita Nova, nouvelle traduction de Mehdi Belhaj Kacem

Corine Defrance
Françoise Frenkel. Portrait d'une inconnue

Carole Fives
C'est dimanche et je n'y suis pour rien
Une femme au téléphone
Tenir jusqu'à l'aube

Françoise Frenkel
Rien où poser sa tête, préface de Patrick Modiano
Zone de la douleur, inédits et textes retrouvés

Jean Genet
L'atelier d'Alberto Giacometti
Le funambule
Lettres à Ibis
L'enfant criminel
Rembrandt

Hervé Guibert
La mort propagande
Vice
L'Autre Journal
Suzanne et Louise

Pascal Herlem
La sœur
Limoges

Noël Herpe
Journal en ruines
Mes scènes primitives
Objet rejeté par la mer

Jonathan Littell
Le sec et l'humide
Triptyque. Trois études sur Francis Bacon

Marie Modiano
Espérance mathématique
Upsilon Scorpii
Pauvre chanson et autres poèmes
Mur de nuages

Frédéric Pajak
J'entends des voix, récit écrit et dessiné
Autoportrait, récit écrit et dessiné

J.-B. Pontalis, J.M.G. Le Clézio, P. Auster, P. Aulagnier, M. Dorra,
M. Foucault, P. Alferi, F. Cusset
Dossier Wolfson ou l'affaire du Schizo et les langues

Samuel Poisson-Quinton
Un père à la plancha

Sylvain Prudhomme
Là, avait dit Bahi
Les grands
Légende
L'affaire Furtif
Par les routes
Les orages

Agnès Riva
Géographie d'un adultère
Ville nouvelle

Arthur Schopenhauer
Schopenhauer dans tous ses états, dessins de Frédéric Pajak

Joy Sorman
Paris Gare du Nord
L'inhabitable

Zouc et Hervé Guibert
Zouc par Zouc, l'entretien avec Hervé Guibert